海外小説 永遠の本棚

《我々の祖先》

まっぷたつの子爵

イタロ・カルヴィーノ

村松真理子＝訳

白水 u ブックス

IL VISCONTE DIMEZZATO
(& 'Nota 1960')
by Italo Calvino

目次

まっぷたつの子爵

1

昔、トルコ人たちとの戦争があった。ぼくの叔父メダルド・ディ・テッラルバ子爵は騎馬でボヘミアの平原を、キリスト教徒軍の陣地目指して進んでいた。うしろを行くのはクルツィオという名の従者だった。

コウノトリたちが低く飛び、その白い群れが、乳白色の無風の空を横切っていた。

「どうしてこんなにたくさんのコウノトリがいるのか？」メダルドがクルツィオにきいた。

「どこに飛んでいくのだ？」

ぼくの叔父は新参だった。その戦いに関わりのある、我々と領地を接する公爵たちの意向に沿うべく、入隊したばかりだったのだ。キリスト教徒軍側領土の最後の城で、馬一頭と従者一人を手配して、これから皇帝の兵営に見参するところだ。

「戦場にむかって飛んでいるのです」と、従者は暗い声で答えた。「これからの道中、ずっと我々の頭上を飛んでいるでしょう」

　子爵メダルドは、そのあたりの国々でその鳥は幸運の使いだと聞いていたので、それを見て嬉しそうな顔をしようとした。しかし、自分の考えとは裏腹に、不安に掻き立てられていた。

「クルツィオよ、いったい何が戦地にあの渡りの鳥たちをひき寄せるのだ？」と、たずねた。

「鳥どもも、今では人間の肉を食べるからです」と、従者が答えた。「飢饉が村々を荒れ果てさせ、干照りが川を干からびさせて以来のことです。死体がころがっているところでは、コウノトリとフラミンゴとツルが、カラスやハゲタカにとってかわりました」

　ぼくの叔父は、当時まだ若い青年だった。感情のすべてが混沌とした奔流のように流れ、まだ悪と善が不分明な年頃、つまり新たな経験が、不吉であろうと残酷であろうと、すべて生命への愛に震えて燃えあがる年頃、だったのである。

「じゃあ、カラスはどうした？　それにハゲタカも？」彼はたずねた。「それに、ほかの猛禽類はどうしたのか？　どこへ行ったのだ？」彼の顔は蒼白だったが、目はキラキラ輝いていた。

従者は、浅黒い顔にひげを生やした兵士で、常にうつむいていた。「ペストで死んだ人間を食べ過ぎて、やつらもペストにやられちまいました」そう言って、従者が弓で指した黒い茂みのようなものは、実は小枝や葉っぱではなく、猛禽類の羽根や干からびた脚が積み重なってできているのに、すこし注意深いまなざしなら気がつくはずだった。

「つまり、どっちが先に死んだのかはわかりません、鳥なのか、人間なのか。どちらが先に相手を貪り喰おうとしたのだか」と、クルツィオは言った。

襲い来るペストからのがれようと、人々は、一族もろとも田園を徒歩で逃げていき、断末魔がそのあたりで彼らをとらえたのだ。荒れた平原には骸骨がそこかしこに散らばり、その間に、男たちや女たちや子どもらの、疫病で変わり果てた姿の裸身が転がっていたが、一見理解しがたいのは、それに羽根が生えていたことだ。まるで、その者たちのやせこけた腕や脇腹から黒い羽根や翼が生えたかのように。実はそれは、人々の屍体にまぎれたハゲタカのむくろだった。

土地の光景が、そこで行われた戦闘の痕をここそこにまき散らしながら彼らの目の前を過ぎていった。すると、急に馬の歩みが遅くなり、二頭ともが進むのを嫌がって後脚で立ち上がった。

「馬たちはどうした？」メダルドが従者にきいた。

「ご主人さま」と、彼が答える。「馬どもにとって、自分たちの腸の匂いほど嫌なものはございません」

実際、彼らが駆けぬけようとしていた平原のそのあたりは、馬の屍体があちこちに倒れていた。あおむけで、空にひづめを向けているものがいれば、うつ伏せに倒れ、鼻面を地面に埋めているものもいた。

「どうしてちょうどこのあたりに、こんなにたくさん馬が倒れているのだ、クルツィオ？」メダルドがたずねる。

「馬は腹が引き裂かれるのを感じると」と、クルツィオが説明する。「自分の腸が飛び出さないようにします。腹を地面につけるものもいれば、あおむけに倒れて、腸が垂れないようにするものもいます。ただし、いずれにせよ、死はじきに、やってきます」

「それなら、この戦争で死ぬのは特に馬なのか？」

「トルコ人どもの半月刀は、まるで一振りで馬の腹を刺すためにつくられているようなものです。ただし、もっと先に進めば、人間の屍体をごらんになるでしょう。まず馬たちがやられ、つぎに騎士がやられるのです。さて、陣営はあちらです」

地平線上に最も高い天幕の頂点が並び立ち、皇帝軍の旗と煙とがたなびいていた。

彼らは騎馬で前進しながら、終わったところの戦いの死者らがほとんど運び去られ、埋葬されているのを目にした。ただし、死者たちの体のほんの一部分、特に指が何本か、切り株の上に置かれているのに気がついた。

「ときどき指が一本一本置いてあって、道しるべのようだ」ぼくの叔父メダルドが言った。

「これはどういうことだ?」

「神の赦し（ゆるし）のあらんことを……生きている者たちが指輪をとろうと死人の指を切り落とすのです」

「そこを行く者はだれか?」番兵の声がした。まるで北風にさらされた木の幹のように、カビと苔（こけ）の生えた外套を着ていた。

「皇帝陛下、万歳!」クルツィオが叫んだ。

「スルタンに死を!」番兵が応えた。「本陣に着いたら、どうか、交代をよこすよう、伝えてくれ。こちらは根が生えちまう!」

糞尿の山の上でブンブンうなりながら陣営を取り巻くハエの大群から逃げるように、二頭の馬は走った。

「多くの勇者たちの」と、クルツィオが言った。「昨日の排泄物はまだ地上に残っていますが、彼ら自身はすでに天に昇っています」彼は十字を切った。

宿営の入り口では、天蓋が列をなして並んでいたが、その中には巻き毛を垂らした太った女たちが、ブロケードの長い衣に身を包み、胸をむき出しにして、嬌声（きょうせい）と笑いで彼らを迎えた。

「これは娼婦たちの天幕です」クルツィオが言う。「こんなに美しい女たちがいるのはこの部隊だけです」

ぼくの叔父は振り返ってその女たちをながめながら、騎馬で進んだ。

「お気をつけください、ご主人さま」と従者が言い足した。「この女どもはよっぽど汚くて、臭いもんで、トルコ人たちだって略奪品としてもお断りなんです。今じゃあすっかりシラミやナンキンムシやダニだらけ、その上、サソリやトカゲがこの者どもに巣食っているありさまです」

彼らは砲兵隊の前を通った。夕方になり、砲兵たちが自分たちの水とカブの糧食を、昼間さんざん火を噴いてまだ熱いままの、火砲や大砲の青銅の上で煮込んでいた。

土をたくさん積んだ荷車が到着しては、砲兵たちがそれをふるいにかけていた。

「火薬がもはや足りないのです」と、クルツィオが説明する。「戦闘が行われたところの土には、火薬が混じっていますから、それを少しでも取り戻そうというわけです」

次に彼らの前に姿を現したのは騎兵隊の厩だった。そこではハエの間で獣医たちが動き回って、馬たちの皮を縫い、包帯で巻き、熱いタールの膏薬でなんとか繋ぎ合わせようとしていたが、どの馬もいなないては、お医者だろうと、だれでも彼でも蹴とばすのだった。

歩兵隊の野営地がそこから延々と続いた。ときは夕暮れどき。一つ一つの天幕の前に裸足の兵士たちが座り、ぬるま湯の入ったたらいで足湯をしていた。夜でも昼でも突然戦闘に入るかもしれず、脚浴の合間も彼らは頭に冑をかぶり、手に槍をにぎりしめていた。あずまやのように布の襞に包まれた一番高い天幕では、騎士たちが脇の下におしろいをふるって、レースの扇子で扇いでいた。

「彼らは女になろうというんじゃありませんよ」と、クルツィオが言った。「いやむしろ、つらい軍隊生活の中で、自分たちが落ち着きはらっているのを見せつけたいのです」

テッラルバ子爵はすぐさま皇帝の御前に導かれた。タペストリーと戦利品がいっぱいのその天幕で、君主は今後の戦略を地図を見ながら検討しているところだった。机の上はすっかり、何枚もの開いた地図でいっぱいになっており、皇帝は長官の一人が差し出している針山から針をとっては、地図の上に刺していた。地図はどれもすっかり針だらけで、何が何だかわからなくなっており、地名を読むためには針を抜いて、また刺し直すしかなかった。この抜いたり刺したりをしながら、両手を空けておくために、皇帝も長官たちも唇に針をくわえていたので、ふんふん言って話すしかなかった。

自分の方に礼をする若者が現れたので、皇帝は質問調子でフーンと言ったかと思うと、すぐに口から針を取った。

「陛下、イタリアから今到着したばかりの騎士であります」と、彼のことが紹介された。

「テッラルバ子爵、ジェノヴェエ地方にあるもっとも由緒ある名家の一つの出であります」

「すぐに中尉に任命せよ」

ぼくの叔父が気をつけの姿勢で踵(かかと)を鳴らし、皇帝は帝王らしくゆったりそれに答える身振りをしたが、地図は一枚のこらずクルクルっと丸まって、回転しながら机から落ちた。

その日の晩、疲れているのに、メダルドはなかなか眠れなかった。自分の天幕の周りを行ったり来たりしていると、歩哨たちの点呼の声や、馬たちのいななき、兵士のだれかの途切れ途切れの寝言が聞こえてきた。彼は天に浮かぶボヘミアの星々を眺めながら、新しい称号や明日の戦闘、そして遠い故郷とそこで急流沿いの葦(あし)がさわさわ揺れる音を思った。胸中、ノスタルジーも、疑いも、不安もなかった。彼にとって、物事はまだ完全なままで疑いを差し挟む余地もなかったし、彼自身もそうだった。そのとき、彼を待つ酷(むご)い運命を予見することができたとしても、それすら自然で完全なものだと、どんな苦痛を感じても彼は思っただろう。まなざしを敵の陣営の方向の夜の地平線の彼方に向けると、両腕を胸の前で交差させ、その両手で自分の肩をぎゅっとつかみながら、二つの現実の両方の存在を実感し、その真ん中に自分がいるのに彼は満足していた。残酷な戦いの血潮が、大地を流れる幾千の川となって流れ、自分のところまで迫り来るのを感じた。そして、その波が自分を濡らすのに、憎悪も同情も感じなかった。

2

戦闘は午前十時ぴったりに始まった。鞍の高みから陸軍中尉メダルドは、まさに攻撃態勢のキリスト教徒軍の展開ぶりを眺めたが、その突き出した顔にはボヘミアの風が、埃っぽい麦打ち場のようなもみ殻の匂いを運んでくるのだった。

「振り返らぬよう、ご主人さま」軍曹としてわきに立つクルツィオが叫ぶ。そして、その命令口調を正当化しようと、ゆっくり付け加えた。「戦闘前には縁起が悪いと言いますから」

しかし実のところは、子爵が落胆しないかと心配したのだった。キリスト教徒軍は、ただその一列だけの展開で、援軍といえば頼りなさそうな歩兵たちをかきあつめた何個団かに過ぎなかったのだから。

しかし、ぼくの叔父は彼方、地平線に迫りくる土煙を眺め、思った。「ああ、あの土煙はトルコ人たち、ほんもののトルコ軍だ。私のわきでタバコを吐き捨ててるこっちの一団は、キリスト教徒軍の老兵たちか。さあ、今響き渡るラッパが攻撃を告げている、我が人生最初の攻撃だ。そして、この地鳴りと地響き、火の球がこっちに飛んでくる、老兵たちも馬どもも飽き飽き眺めてるが、あれは大砲の弾（たま）、我に向かいくるはじめての敵弾だ。『これ、我が生涯最後の敵弾なり』、などと言わねばならぬ日が来ないといいが！」

　そして、気がつけば、彼は抜き身の剣を片手に、皇帝の幟（のぼり）が煙の合間に見え隠れするのに目をやりながら平原を駆けぬけていた。彼の頭上の空には味方の大砲が砲口を向け、敵方のそれは早くもキリスト教徒軍の隊列に裂け目を開けて、土煙を傘のようにいくつも立ちのぼらせていた。彼は考えた。「これから見るのがトルコ人たちだ、トルコ人たちを我が目で見るのだ」人間にとって、敵が襲ってくること、敵がまさに想像した通りの姿なのを見ることほど、いやなことはないものだ。

　彼は見た。トルコ人たちだ。二人が、すぐそこまで近づいてきた。馬鎧に覆われた馬に乗り、小さな丸い革製の盾を構え、黒とサフラン色の縞模様の服を着ている。ターバンをかぶり、顔は土色でひげを生やし、テッラルバで「トルコ人のミケ」とあだ名されている男に似ている。二人のトルコ人のうちの一人はそこで死に、もう一人は兵をひとり殺した。そのうち、数えられないほどの兵士が続々と現れ、白兵戦となった。二人のトルコ人を見た今となっては、すべてのトルコ人を見たも同じだ。彼らのだれもが兵士で、身につけているものは軍から与えられたものだったから。顔は陽にやけ頑固そうで、農民のように見えた。メダルドとしては、トルコ人たちについて見るべきものはもう見たのだから、ぼくたちの待つテッラルバに、ウズラの渡りの時季に間に合うよう、帰ってもいいぐらいだった。しかし、彼は従軍したのだ。そこで、半月刀が打ち下ろされるのをかわしながら騎馬で進んで、ついに背の低い歩兵のトルコ人と相対し、殺した。こうして要領がわかったからには、今度は背の高い騎馬兵を探したが、それが失敗のもとだった。小さい者たちほど、害が大きかったからだ。馬の足元まで迫って来ては、例の半月刀で切り裂くのだ。

メダルドの馬が足を開いたまま立ち止まった。「お前、どうした?」と、子爵が言った。クルツィオがさっと現れると、下の方を指差した。「そちらをごらんなさい」すると、すでに馬の内臓はすっかり地面に出てしまっていた。哀れな馬は主人を見上げ、まるで腸を口で引き入れたいかのように頭を下げたが、それは一瞬の英雄的行為だった。気を失い、そして死んだ。メダルド・ディ・テッラルバは馬の背から地上におりた。

「我が馬をお使いくださいい、中尉殿」クルツィオがそう言ったが、馬を止めることはできなかった。というのも、トルコ兵の矢に当たって鞍から落ち、馬は走り去ってしまったのだ。

「クルツィオ！」子爵は叫び、地面で呻いている従者に駆け寄った。

「私のことはお構いくださるな、ご主人さま」と、従者が言う。「願わくはただ、病院にまだグラッパがあらんことを。負傷者にはひとり椀一杯分の割り当てです」

我が叔父メダルドは、白兵戦のただ中に身を投じた。戦闘の行方は定かではなかったが、その混乱の中、キリスト教徒軍が勝利するかのように見えた。確かに、キリスト教徒たちはすでにトルコ軍の陣容を崩し、いくつかの陣地を包囲していた。叔父は、他の勇士たちとともに、敵方の砲兵隊のすぐ真下に迫っていたが、トルコ兵たちはキリスト教徒たちを照準にとらえようと隊を移動させていた。二人のトルコ軍砲兵が、回転式の大砲を回していた。ひげを生やし、足まで届くチュニックに身を包み、ゆっくりと身を動かす様は、まるで天文学者のようだった。叔父は言った。「さあ、我こそがあそこまで行って、目にもの見せてやろうぞ」勇ましい新米の彼は、大砲に近づいていいのはわきか砲尾からだけだということを知らなかった。真正面から、抜き身の剣をかかげて砲口にむかって挑みかかり、その二人の天文学者を威嚇するつもりだったのだ。しかし、彼らは彼の胸の真ん中に向けて砲撃した。メダルド・ディ・テッラルバは宙にふっとんだ。

夕暮れに休戦となると、二台の荷車が戦場を行き来し、キリスト教徒軍の兵士たちの身体を拾い集めていた。一台は負傷者用、もう一台は死者用だった。最初の分別はまず、戦場でなされた。「これはおれが拾う、あっちはお前だ」と、まだ救えそうな部分があれば、負傷者用荷車に乗せた。ただのかけらや破片は死者用の荷台に乗せ、祈りを捧げて埋葬した。もう屍体とも言えないものは、コウノトリたちの食べるがままに放って置かれた。連日、敗(ま)けが混んでいたので、なるべく負傷者が多いことにした方がよかった。おかげで、メダルドの体の残りは負傷者とされ、そちらの荷車に乗せられた。

第二の分別は病院でなされた。戦闘の後、野戦病院は戦闘自体以上にむごたらしい様相を呈していた。地面には不運な者どもが横たわる担架の長い列が並び、周りでは医者たちが獅子奮迅、鉗子(かんし)やメスや針、切断された足や腕、糸の玉を両手で振り回していた。死人のひとりひとりを生き返らせようと、できることはなんでもやった。こっちを切って、あっちを縫って、傷口をおさえ、手袋のように血管を裏返し、もともとの場所に戻したりしたが、中には血液より糸の方がつまっていても、とにかく継ぎはぎで閉じた。そしてもし患者がひとり死ねば、その者の体で使えるものはなんでも、誰かほかの者の腕やら足やらをなおすのに用いられた。一番ややこしいのは腸だった。一たん引き伸ばしたら、どうしてもとに戻せばいいやらわからなかった。

シーツを外して現れた子爵の身体は、ひどく切り裂かれていた。腕が一本欠け、足も一本なかった。それどころか、胸部から腹部が、すっかりその腕と足の間にあたる部分、まん真ん中に命中した例の大砲の弾によって粉々にくだけ散って、すっかりなくなっていたのだ。頭部には、目が一つ、耳が一つ、頬が一つ、鼻が半分、口が半分、あごが半分、額が半分残っていた。頭部の反対側の半分といえば、ただ毛が一房あるだけだった。つまり、ただ半分だけ、右半身だけが、しかも、完全なまま、軽い引っ搔き傷すらもなく無傷のまま残っていた。あるのはただ、木っ端みじんになった左半身と右半身を分ける、巨大な裂け目のみだった。

医者たちはどうしたか。みな大喜びだった。「なんと、おもしろい症例だ！」こうしている間にも死ないなら、救おうと試してみれそうだ。そこで、彼のまわりに集まったが、辺りでは、哀れな兵士たちが、たった一本の矢が腕一本にあたっただけで敗血症で死んでいった。医者たちは縫ったり、貼ったり、くっつけたりした。一体全体どんな手を施したものか、とにかく実際翌日には、ぼくの叔父はそのたった一つの目と半分になった口を開き、鼻の穴を広げて息を吸った。テッラルバ家の強靭な体質で持ちこたえた。今、彼は生きていて、半分に引き裂かれていた。

3

　叔父がテッラルバに帰還したとき、ぼくは七歳か八歳だった。すでに闇夜の十月の晩、空は雲におおわれていた。日中、ぼくらはブドウの収穫をしていたが、ブドウ畑の木の間から見える灰色の海に、皇帝軍の旗をかかげた一隻の船の帆が近づいてくるのが見えた。その頃は船が見えればいつも、「メダルド殿が還って来た！」と言ったものだった。みながその帰還を心待ちにしていたわけではない。何かをただ、待ちたかっただけだ。ただし今度ばかりは、本当だった。いよいよ夕方になり我々は確信した。フィオルフィエーロという若者が、大おけの中、ブドウの実でいっぱいのでっぺんを足踏みして絞りながら、「ああ、あっちだぞ」と、叫んだ。あたりはほとんどまっ暗だったが、谷間の先の塀沿いに松明がずらっと並べられて火が灯されるのが見えた。そして、しばらくすると、橋を渡ってくる、人々に担がれた輿が見えた。間違いない、戦争から帰還してきた子爵だ。

その知らせは谷間一帯に広まった。城の中庭には人々が集まってきていた。親族、従者、収穫していた農夫たち、羊飼いら、兵士たち……いないのは、メダルドの父、老子爵アイオルフォ、つまりぼくの祖父だけだったが、彼は長いこと、中庭にも降りてきていなかった。もはや世事に疲れ、一人息子が従軍するために旅立つのに先立ち、称号の特権も譲っていた。今や情熱はもっぱら鳥たちに注ぐようになって、城内の大きなかごにいれて飼っていた。老子爵は自分の寝台までその鳥かごの中に運び込ませ、中に自分もこもって、昼も夜もそこから出て来なかった。食事も、鳥たちの餌と一緒に、鳥かごのケージの合間から差し入れさせ、アイオルフォは何もかもをその可愛い生きものたちとともにした。キジやキジバトの背中を何時間も撫でつづけながら、息子が戦争から帰還するのを待っていた。

ぼくらの城の中庭にこんなにたくさん人が集まったのを、ぼくはそれまで見たことがなかった。ただ昔話として聞いていた、祝典や近隣の町との戦争の時代はもう過ぎ去っていた。だから初めて、城壁や塔がすっかり荒れ果て、中庭は泥だらけなのに気がついた。そこでヤギに草をやったり、豚の餌箱に餌を入れたりしていたぐらいだから。だれもが待ちながら、どんな様子でメダルド子爵が帰ってくるだろうかと話していた。かなり前から、彼がトルコ人たちからひどい傷を負ったというわさは届いていたが、どれぐらい彼が不自由なのか、床についているのか、それともただちょっと傷跡が残っている程度なのか、まだだれも知らなかった。輿を見てしまった今となっては、どうもよっぽどひどいらしいとみな覚悟した。

そこで、輿が地面に置かれ、その真っ黒な影の真ん中に、ぎらりとひとつの瞳が光るのが見えた。年とったセバスティアーナばあやが近づいて行こうとしたが、その影は苦々しく拒否するかのように、片方の手を上げた。それから、輿のなかの身体がガクガクとまるで発作みたいにふるえるのが見え、ぼくたちの目の前でメダルド・ディ・テッラルバが松葉杖によりかかりながら立ち上がった。フードつきの真っ黒なマントが頭から地面まで垂れて彼を覆っていた。マントの右は後ろにめくれ、顔と、身体の半分が松葉杖にしばられているのがあらわになったが、左側の方はマントのすそとたっぷりとしたドレープの襞(ひだ)に覆われ隠れていた。

彼はぼくらの方をじっと見つめ、ぼくらは彼のまわりをぐるりと取り巻き、だれも一言も発しなかった。ただおそらく、彼のじっとこちらを見るまなざしは、ぼくらみんなを自分のまわりから追いはらいたそうだった。

一陣の風が海から吹き上がり、イチジクの木の頂の一本の枝が折れ、悲鳴のような音を立てた。ぼくの叔父のマントは波打って風をはらみ、まるで船の帆のように広がって、風が彼の身体を吹き抜けた、と言いたいところだったが、実際には、身体はそこになかった。幽霊のマント同様、中身は空っぽだった。それからもう少しよく見てみれば、旗が掲揚台ではためくようにマントはたなびいていたが、ポールにあたるのは彼の片っ方の肩と腕一本と片っ方の脇腹に足一本、つまり、松葉杖に重みをかけている彼の身体のすべてだった。もう片方は、空っぽだったのだ。

ヤギたちはそろって表情のないひとみでじっと、子爵の方を見ていたが、てんでの向きで密集しているので、背中が直角に交わる不思議な模様に並んでいた。豚たちはもっと敏感に反応し、ヒーヒーわめき、互いの腹をぶつけあいながら逃げようとしていたが、そのとき、ぼくら人間も、恐怖におびえていることを隠すことができなくなっていた。「若さま!」セバスティアーナばあやが叫んで、両手をあげた。「なんと邪になられたことか!」

ぼくの叔父はそのような印象をぼくらにかき立てたことにイライラし、杖の先を地面の前に伸ばして、コンパスのような動きで城の建物の入り口へと進んでいった。すると、扉に続く階段に、輿を背負ってきた人夫どもが足を組んで座っていた。半裸で金の耳飾りを垂らし、頭をそり上げてトサカみたいに髪を逆立てているか、三つ編みを編んでいるか、みなならず者ぞろいだった。その者たちが立ち上がり、頭から三つ編みを垂らしている一人が言った。

「ダンナ、お心づけをいただかねえと」

「いくらか？」メダルドがたずねた。笑っているようだった。

三つ編み男が言った。「ご城主さまはご存知ですよね、ひと一人、輿でずっと運ぶ労賃ってやつを」

ぼくの叔父はバンドから財布を抜き出すと、ジャラジャラっと、輿かつぎの男の足元に財布ごと投げつけた。男はすぐさまその重みを手で測りながら、叫んだ。「こりゃあ、最初の話よりずっとすくねえじゃないですか、ダンナ！」

メダルドは、風にマントのすそをヒラヒラとめくられながら、「半分だ」と言った。そして、大きな入り口をくぐり、一本足で細かくピョンピョン跳び上がりながら階段をのぼって、城内へと続く開け放たれた大きな扉から中に入っていった。彼は両方の杖で叩いて、重い両開きの戸をぐっと開いて大きな音を響かせ、私たちの視界から消えた。

中から、断続的に足と杖が代わり番こにトーントンと響く音が聞こえてきたが、それは城の廊下をだんだん彼の居室の並ぶ翼の方へと遠ざかっていった、はるか遠くから、扉がバタンと閉められてギーッと鍵をまわす音がし、消えた。

鳥かごの鉄柵の向こうにじっと立ちすくみ、父は待っていた。しかし、メダルドは父のもとに寄って挨拶することもなかった。入ったなり自分の部屋にひとりこもり、人前に出てくることなく、扉をノックし続けて懇願するセバスティアーナばあやに返事すらしなかった。

老女セバスティアーナは喪服とヴェールに身を包んだ威厳ある婦人で、その顔は両目を隠すほどの瞼（まぶた）の上のしわのほかは、つやつやバラ色に輝いていた。テッラルバ家の若者世代の者たち全員に乳をやったのは彼女であり、その家の年寄り世代の男たちは皆かつて彼女と床を共にしたが、死に行くときにはその誰もが彼女に瞼を閉じてもらった。今はただ、各々こもりきりになった二人の城主の居室の並ぶ城で、一方の翼と他方の翼の間を行ったり来たりしては、どうすれば彼らを助けられるものか、途方に暮れていた。

翌日メダルドの様子はまったく知れず、ぼくらはブドウの収穫を始めたものの、さっぱり気持ちの晴れないまま、ブドウ畑でもっぱら彼がこれからどうなるのかばかり、話していた。ただし、皆が彼のことを心配していたわけではない。この話題が人々の心を惹きつける、暗いものだったからだ。そして、セバスティアーナばあやだけが城内に残り、どんな音も聞き逃すまいと息を殺していた。

しかし老アイオルフォは、息子がこんな風に、さみしい粗暴なひとになって戻って来ることを予想していたのか、自分の愛する鳥たちから一羽を選んで調教していた。それはモズで、メダルドの居室がある、主人の留守中の人気のなかった城の翼へと飛んでいき、部屋の窓から中に入ることができるようになっていた。その朝、老人がモズのかごの扉を開くと、鳥はすぐに息子の窓へと飛んで行った。それから老父は、鳴き声を真似ながらカササギとシジュウカラに餌をやった。

しばらくして、コツンと、何かが窓にぶつかる音が聞こえた。窓をあけ外にのりだしてみれば、軒下にかわいがっていたモズが変わり果てた姿になって落ちていた。老人は手にとり、両手のくぼみにのせた。翼の一方がもぎ取れたかのように折れ、足の一本は指二本分ほどのところから切り落とされ、目も一つ、えぐり取られていた。老人はモズを自分の胸に抱きしめ、泣いた。

その日のうちに彼は床につき、使用人たちは大きな鳥かごの柵ごしに、主人が衰弱していくのをながめた。治療のために中に入ることはだれにもかなわなかった。鍵をどこかに隠し、自分で中に閉じこもってしまったからだ。寝台の周囲を、鳥たちが飛んでいた。主人が身を横たえたときから、鳥たちはみな飛び回り、どこにも止まろうとはせずに羽ばたき続けた。

翌朝、セバスティアーナばあやが鳥かごに顔を寄せて見ると、アイオルフォ子爵は亡くなっていた。鳥たちはそろって、寝台の上にとまっていた。海に浮かぶ丸太に、羽を休める鳥の群れのように。

4

父親が死んでから、メダルドは城から外出するようになった。それに最初に気づいたのは、またもやセバスティアーナばあやだった。ある朝、どの扉も開けっぱなしで、部屋がみんな空っぽだったのだ。召し使いの一団が田園に送り出され、子爵のあとを追った。召し使いたちは走って、ナシの木の下を通ったが、その木は前の晩に見たときには、まだ青い実がたわわになっていた。「おい、上を見てみろ」召し使いの一人が言った。明けゆく暁の空に映えるナシの実を見て、だれもがギョッとした。丸まんま残っているものがひとつもない。たわわになっていた実は、どれもこれもたてにざっくり半分に切られ、柄にぶらさがっていた。そしてそのどれもが、右半分が残っていて（というのか、見る側によっては左半分になるのだが、とにかくぜんぶ同じ方の側だけ）、反対側は消えていた。切りとられたものか、それとも、かじられたのか。

「子爵さまがここを通っていったぞ！」召し使いたちはそう叫んだ。たしかに、何日もの間閉じこもっていて何も食べなかったのだから、その晩は、さぞやお腹が空いていたのだろう。それで、まず最初の木にのぼり、ナシを食べたにちがいない。

進んでいくに従って、召し使いたちはある石の上で、カエルの半かけが、カエルらしくピョンピョン跳んで、まだ生きているのに出くわした。「正しい方角に進んでいるぞ！」と、彼らはその道をさらに先へと進んでいった。途中で道がわからなくなったのは、メロン畑の葉っぱの間に隠れた半分だけの実を見落としたからで、引き返してきて、やっと見つけた。

そうやって、彼らは畑から森の中へと進んでいき、キノコが一本、ポルチーノ茸だったが、ざっくり半分に切られているのを見つけ、さらに一本、こんどは毒キノコのまっかなイグチ茸を見つけ、そうこうして、森の奥へと進んでいくに従い、地面から半分の柄だけが生えていて、かさもざっくり半分だけのキノコを、そこここで見た。すぱっと切られて半分になったらしく、胞子ですら周りに落ちていなかった。それは、さまざまな種類のキノコで、ホコリ茸、タマゴ茸、ハラ茸など、毒キノコと食べられるものと、だいたい半々だった。

このあちらこちらに散らばっている跡を追っていくうち、召し使いたちは「尼が原」と呼ばれる、中央に池のある野原に出た。夜が明けるころ、池のほとりに立つ、黒マントに包まれたメダルドの痩せた姿が水に映り、そこには白や黄色や土の色のキノコが浮かんでいた。それは、彼が持ってきたキノコの半かけで、透明な水面に散らばっていた。水の上ではキノコは丸々完全であるように見え、それを子爵はじっと眺めていた。召し使いたちは池の反対岸に身を隠し、何かを言い出すこともできず、ただ、水に浮かんだキノコを眺めていた。すると、彼らは気がついた、そこにあるのはどれも食べられるいいキノコばかりじゃないか、と。じゃあ、食べられないものはどこに行ったんだろう？　池に彼が捨てたんじゃないなら、どうしたんだろう？　召し使いたちはまた森の中を走り出した。そんなに遠くに行ってるはずはない。すると森の中の道で出会った、かごを手に下げた少年が、さっきの毒キノコの半かけ全部をもっていた。

その少年というのがぼくだった。その晩ぼくは一人で「尼が原」あたりで、急に木々の間から飛び出しては人をびっくりさせて遊んでいたのだが、そこでぼくの叔父に出くわした。彼は一本足でピョンピョン歩き、腕にかごをかけていた。

「やあ、こんばんわ叔父さん」と、ぼくは叫んだ。そのときぼくは初めて、叔父さん、と彼に言えたのだ。

叔父はぼくと会えてとてもうれしそうだった。「私はキノコ採りをしているところだ」と、ぼくに説明した。

「それで、採れたの？」

「見てごらん」ぼくの叔父がそう言って、ぼくら二人は例の池のほとりに腰をおろした。

叔父はキノコを選び、あるものは水に捨て、あるものはかごに残した。

「お前にやろう」そう言って、叔父は自分が選り分けたキノコの入ったかごをこちらにわたした。「油で揚げてもらいなさい」

ぼくは叔父に、彼のかごの中のキノコはどうして半分ずつしかないのかたずねたかったが、失礼な質問になるような気がして、「ありがとう」とだけ言って、走り出した。油で揚げてもらいにいこうとしていたところで使用人の一団と出会い、それが全部毒キノコだと知った。

セバスティアーナばあやは、その話が伝えられると言った。「帰ってきたメダルドは、邪な方の半分だけらしいね。いったい今日はどんな裁判になることやら」

その日は、前日に城の警吏たちにつかまった盗賊団の裁判があった。盗賊どもはぼくらの地元の出身だったので、子爵が裁くことになっていた。裁判が開かれ、メダルドは椅子に体を斜めにして座り、爪を噛んでいた。そこに鎖につながれた盗賊どもが入ってきた。その頭（かしら）はフィオルフィエーロという名の若者で、ブドウをつみながら最初に輿（こし）がこちらに向かってくるのに気がついた者だった。それから、被害者側が入ってきたが、それはプロヴァンスへの旅の途上のトスカーナの騎士たちで、ぼくらの領地の森を通り抜けようとしていたところ、フィオルフィエーロとその一団に襲われ、盗みにあったのだ。フィオルフィエーロの弁明は、自分はその騎士たちがぼくらの領地に入りこんで密猟をしていたので、警吏たちの代わりに、密猟者と思って彼らを捕え、武器をとりあげたのだと言った。たしかにその当時、盗賊団の暗躍はとてもさかんで、法はゆるいものだった。そしてそもそもぼくらの土地は、特に盗賊団が徒党を組むには最適な場所だったし、ぼくらの一族も、ことさら世が乱れる時には、盗賊団に身を寄せたぐらいだ。密猟ときたら枚挙にいとまなく、考えられる限りもっとも軽い罪にあたった。

ところが、セバスティアーナばあやの懸念は的中した。メダルドはフィオルフィエーロとその一味の全員を、強盗の罪により絞首刑にする判決を下した。それだけでなく、被害にあった者たちの方にも、密猟の罪として、そちらも絞首台行きを宣告した。さらに警吏たちも、出てきたのが遅すぎて、密猟者たちの犯罪も、盗賊団の犯罪もふせげなかった罪で、やはり彼らも、首吊りの刑に処すると宣告した。

全部で二十人ほどだった。この残酷な判決でぼくらみんなが嘆き苦しみ、悲嘆にくれたが、それは、それまで見たこともなかったトスカーナから来た貴族たちのためより、大事な家族だった盗賊団の者や警吏たちのためだった。鞍作り職人で大工もしたピエトロキオード親方は、絞首台をつくる任務を仰せつかった。親方はまじめで頭のいい職人で、どんな仕事にもやるにあたっては最善をつくす人だった。死刑になる者たちのうち二人が親戚で、悲しみにくれながらも、枝が分かれた樹のような絞首台をつくった。それは綱が全部、一本の巻き上げ機で頂まで上げられるようにできている、とても手の込んだ大きな機械仕掛けで、そのときの判決の死刑囚たちを何人も一度に処刑できた。それならばと、子爵は二人の死刑囚を処刑するたびに十匹ずつ猫も吊ることにした。息の絶えた遺骸と死んだ猫が三日間ぶら下がったままにされ、最初はだれにとっても見るに忍びなかった。ところが、少しずつぼくらはそれを厳粛な光景だと感じるようになり、判断もいろいろな思いに混ざって散り散りになり、最後にはその大きな首吊り台から哀れな者たちを外して片付けてしまうのが残念な気がするほどだった。

5

　ぼくにとってそれは幸福な時代で、いつもトレローニ先生と海洋生物の化石の殻をさがしに森の中をめぐり歩いたものだった。トレローニ先生はイギリス人だった。もともと彼は海で遭難し、船にあった酒樽にまたがって我々の海岸にたどり着いたのだ。人生を通してずっと船上の医者をやりつづけて長く危険な航海を重ね、その中に有名なキャプテン・クックとの航海もあったのだが、世界中のものを見てきたかといえば、実は何も目にしていなかった。いつも甲板の下で、カードを手にトレセッテに興じていたからだ。ぼくらの地方に流れ着き、すぐにこのあたりで一番酸っぱくて濃厚な「カンカローネ」という名の地元産のワインを口にしたが、それからというもの、それなしではいられなくなり、いつでもどこでも、たっぷり入れた水筒を肩がけに持ち歩く始末だった。テッラルバに彼は居残り、ぼくらの医者になったのだが、病人を気にかけることはなく、むしろ科学的な発見を求めて、――ぼくを供にして――畑や森を、昼も夜もめぐり歩いた。まずコオロギの病気が大問題だった。それは千匹に一匹の割合でかかる病気で何の被害もないのだが、トレローニ先生は病気のコオロギは全部捕まえ、その治療法がわからないと気がすまなかった。次に大問題だったのは、ぼくらの地方が海に覆われていた痕跡を集めることだった。そこで、ぼくと先生は、先生によればその昔に魚だったはずの小石やケイ土を集めて歩き回った。最後に先生が大いに情熱を注いだのは、鬼火だった。彼はそれを捕まえて、保存する方法を見つけたかったのだ。その目的のために、夜中、村の墓場をうろうろ歩きまわり、土と草をかぶった墓の間に、例の光がぽおっとうかんでこないか、待ったものだ。現れれば、引き寄せたり、追っかけたり、消えないうちに捕まえようとしたりしながら、そのときそのときでいろいろな容器を試してみた。袋、フィアスコ瓶、藁(わら)のこもを取り外したダミジャーナ瓶、火鉢、スープのこし器等々。トレローニ先生は墓地の近くのあばら家を棲家にした。かつての栄光と戦争と疫病の時代には墓掘り人夫の家だったもので、当時はその仕事を専門にやる人間を、ひとり雇っておく方が得だったのだ。そこに先生は実験室をつくり、鬼火を閉じ込めるためのあらゆる形のガラス容器やら、捕まえるための魚取り網を並べた。さらには、墓地の土や屍体のガスから例の青白い炎が生まれるのかどうかを調べるために、蒸留器やるつぼまであった。ただし、先生は実験室にずっとじっとしている人間ではなかった。すぐに実験をやめては外に出て、ぼくといっしょに自然の新しい現象を探しに出かけたものだった。

ぼくは空気のように自由だった。両親がいなかったし、召し使いの階層ではないものの、主人たちのそれにも属していなかったからだ。後から認知されてテッラルバ家の一員になっていたが、その名を名乗ってもいなかったし、ぼくの養育係は誰もいなかった。ぼくの亡くなった母親はアイオルフォ子爵の娘で、メダルドの姉だったが、ぼくの父親になる猟師と駆け落ちして、一家の名誉を汚したのだ。ぼくは森の生い茂る荒れ地の猟師小屋で生まれた。それからほどなくして、ぼくの父親はけんかで殺され、そのみすぼらしいぼろ屋に一人残された母もペラグラ病で死んだ。そこでぼくは、城に引き取られることになった。祖父アイオルフォがあわれに思ったおかげで、ぼくは立派なセバスティアーナばあやに世話されて育った。ぼくは今でも覚えているが、メダルドがまだ少年で、ぼくがほんの数歳だった頃は、メダルドは自分の遊びにいっしょにぼくが加わるのを、ぼくらがまるで同じ境遇であるかのように許してくれることもあった。徐々にぼくらの間には距離ができ、ぼくは召し使いたちのところに放って置かれるようになった。そこに、トレローニ先生が現れて、ぼくにはうってつけの仲間になったというわけだ。

先生は六十歳だったが、背の高さはぼくと同じだった。ひからびた栗みたいなしわの刻まれた顔で、頭に三角帽とかつらをかぶっていた。足には腿の中ほどまでとどく革長靴をはいていたので、ほんとうよりも長く見えてまるでコオロギみたいだった上に、ことさら歩幅が大きかった。キジバト色の燕尾服を着ていたが、赤い飾りがついていて、その上に「カンカローネ」ワインを入れた水筒を肩がけしていた。

先生は鬼火に夢中だったので、近辺の村の墓地をめざしては、夜中に延々と歩いた。そういうところでは、人が行かなくなっていたぼくらの村の墓地のものに比べて、色の点でも大きさの点でもきれいな炎にときどき出あえたのだ。ただし、ぼくらがそうしてばたばた動きまわっているのが村人たちに見つかると大変だった。墓荒らしの泥棒かと思われて、一度など、二又の槍や三又のほこを手にした男たちの一団に、何マイルも追い回された。

ぼくたちは急流が流れる崖の切り立つ斜面を逃げた。ぼくとトレローニ先生は岩の間をぴょんぴょんとびながら走ったが、怒り狂った村人たちが追いついてくるのがわかった。「しかめっ面の崖」と呼ばれるところまでくると、そこには目のくらむ深淵の上、丸太の橋がかかっていた。その橋を渡らずに、ぼくと先生は、ちょうど淵の手前にあった石段のかげになんとか隠れた。村人たちはすぐ後ろまで迫っていたのだ。彼らはぼくらを見失った。「あの不埒（ふらち）なやつらはどこへ行っちまったんだ？」と叫びながら、橋の上を一目散に走って行った。すると、バキッと折れる音につづいて、悲鳴をあげながらまっ逆さまに、そのはるか下を流れる急流に飲みこまれていった。

　自分たちの運命はどうなるのかと恐怖にさいなまれていたぼくとトレローニ先生は危機を脱して一瞬ホッとしたものの、自分たちの追っ手の身の毛のよだつ末路を前に、改めて恐怖に身を慄（ふる）わせた。ぼくらは恐る恐る身を乗り出し、村人たちが消えていった方を見下ろした。目をあげれば、丸太橋の残骸が見えた。暗闇の中、丸太自体はしっかり堅固に残っているのだが、ざっくり半分に切断されていた。まるでノコギリか何かで切り落としたかのように。どうやってその太い木がこんなにきれいな面で折れるのか、ほかに説明のしようがなかった。

「これは私の知っているだれかの手が入っているな」と、トレローニ先生は言ったが、ぼくにももう見当はついていた。

　実際、速足のひづめの音が聞こえてきて、崖の縁に馬と黒いマントに半分身を包んだ騎士が現れた。それはメダルド子爵で、冷酷な三角の微笑を浮かべつつ、悪巧みの悲劇的な成功を眺めていた。恐らく、それは彼自身も予期していなかったはずだ。たしかに彼が殺したかったのはぼくら二人だったのだろうから。しかし、この成り行きでぼくらの命は助かったのだ。震えながらぼくたちは、まるで小ヤギみたいに岩の間をぴょんぴょんと跳び越えていく瘦せ馬に乗って、彼らが走り去るのを見た。

その時期、ぼくの叔父はいつも馬に乗って、その辺りに出没した。自分用の特製の鞍をピエトロキオード親方に作らせたのだ。一方のあぶみには革帯がついていてしっかり座れるようになっていて、反対側のあぶみには平衡を取るための重しが固定されていた。鞍のわきには剣と杖が吊るされていた。そうして子爵は羽つきのつば広帽をかぶって馬を乗り回し、その半身は風になびくマントの翼の下に隠れていた。彼の馬のひづめの音が聞こえると、人々はみな、らい病者のガラテーオが通るのよりももっと恐れて逃がれようとし、子どもや動物を連れて避難して、植物について気を揉んだ。それというのも、子爵の邪悪さはだれのことも容赦しなかったので、いつ何時でも、予想も理解もできない行動におよぶかもしれなかったのだ。

子爵は決して病むこともなかったので、トレローニ先生の世話にもならなかった。ただし、それにしても、どうやって先生は逃げおおせたのだろう。実際には先生の方がぼくの叔父を何が何でも避けたからで、噂を聞くのすらいやがった。子爵自身とその残虐さについてだれかが話せば、トレローニ先生は頭を振りながら、口元にしわをよせてつぶやいたものだ。「ああ、ああ、ああ！　しーっ、しーっ、しーっ！」と、まるで、自分にとって不都合な話をされているときみたいだった。そして話題を変えるために、キャプテン・クックのいろんな旅をめぐる話をはじめるのだった。一度、ぼくは先生に、自分の叔父があんなに身体が欠けてしまったのにどうして生きていけると思うかたずねてみたが、このイギリス人はただ、「ああ、ああ、ああ！　しーっ、しーっ、しーっ！」と言うばかりだった。医学的見地からは、ぼくの叔父は先生の興味を一向に引かなかったらしい。ただしぼくは、先生が医者になったのはただ家族から押し付けられたか、好都合だったかのどちらかで、科学としては全然興味がなかったんじゃないかと考えはじめていた。おそらく彼の船医としての道が拓けたのは、ただ彼がトレセッテがうまかったからで、キャプテン・クックはじめ、すごく有名な船乗りたちが競って、いっしょにゲームができるよう彼を自分の船に乗せたがったのだ。

ある晩、トレローニ先生は村の古い墓地で網で鬼火を取ろうとしていると、メダルド・ディ・テッラルバが目の前に現れ、自分の馬に墓地で草を食ませていた。先生は困惑し、驚いたが、子爵の方から寄ってきて、半分だけの口で発音するわかりにくい口ぶりでたずねた。

「医師よ、あなたは夜行性の蛾をさがしているのだな？」

「ああ、領主殿」先生はやっと声を振り絞り答えた。「ああ、ああ、蛾というわけではないのです、領主殿。つまり、これは鬼火というもので、その鬼火っていうのは……」

「そうだった、鬼火であった。私もよく、その大元は何かを考えたものだ」

「ずいぶん前から、僭越（せんえつ）ながら、我が研究の対象が、まさにそれなのであります、領主殿」

トレローニ先生はそう言った。その親切そうなもの言いにすこし安心したようだった。

メダルドは微笑みを浮かべたが、半分だけの細い顔は引きつっていて、まるで骸骨のようだ。「科学者としてあなたはあらゆる援助を受ける資格がある」とメダルドが言った。「残念ながらこの墓地は見ての通り、すっかり荒れ果て、鬼火の採集には適していない。だが、約束しよう、明日からでも、できる限りの援助をすると」

翌日は裁判が開廷することが決まっている日だったが、子爵は十人ほどの農民に死刑を宣告した。罪状によれば、彼らは収穫から城に納めるべき量の全部をきちんと納めなかったというのだった。死者たちは共同墓地の地中に埋められ、墓場では毎晩おびただしい数の炎が飛んだ。トレローニ先生はこの援助にすっかり恐れをなした。それが自分の研究にとって非常に有益であったにしても。

この不幸な状況で、ピエトロキオード親方は絞首台を作って巧の技をますます磨くことになった。今や木工と機械仕掛けの名人芸の高みに達したのは絞首台だけではなかった。メダルドが被疑者から自白を引き出すのに使う拷問の道具類も然りだった。ぼくはよくピエトロキオード親方の工房に居た。いろんな技を熱心に凝らして親方が働いているのを見るのが面白かったからだ。しかし、木工職人はいつも呵責にかられていた。彼が作るものは罪のない者たちの絞首台だったのだ。「どうすればいいんだろうか」と、彼は考えた。「同じぐらいよくできていて、別の目的のものを作れるようにするには。どんな新しい仕掛けなら、作っていて自分も嬉しいだろうか」だが、自分の問いの答えを見つけられないまま、問い自体を頭から消そうと努めつつ、彼はできるかぎり美しいすぐれた仕掛けの道具を作るのに専念した。「お前も何のために使われるかは忘れるんだ」と、ぼくにも言って聞かせた。「ただ、機械仕掛けとしてだけ見るんだよ。見事なものじゃないかい？」

ぼくは梁がどんな風に渡され、どんな紐が上ったり降りたりするのか、どんな鉤や車で連結されているかに目を凝らし、そこに断末魔の人の身体が吊るされているところは想像しないようにした。でも、そうすればするほど、考えてしまうのだった。そこでピエトロキオード親方に言った。「どうすればいいのかな」

「わしと同じようにするんだ、いい子だから」と、親方は答えた。「わしと同じようにだぞ、わかるかい?」

苦悩や恐怖にもかかわらず、その時代にはそれなりの喜びもあった。もっとも美しい時間は太陽が天頂に昇り、燦々と黄金の光を降らせる時間帯で、雌鶏たちが卵を産んではコケコッコーと歌い、路地かららい病者の角笛が響いてきた。らい病の男は、不運な同病の仲間たちのために毎朝物乞いに来た。名前はガラテーオ。首に狩り用の角笛をかけ、その音が遠くから彼の来るのを知らせた。女たちは角笛の音が聞こえてくると、塀の隅に卵やズッキーニやトマトをそっと置き、ときには皮を剝いだウサギを置いてやった。それから、子どもたちを連れてそそくさと物陰に隠れた。らい病者のガラテーオが通るとき、だれも道に出ていてはいけなかった。らい病は離れていても感染るし目にするだけでも危ないと思われていた。角笛の響きの前触れに続き、ガラテーオが人気のない道をゆっくり歩いてくる。手で長い杖をつき、地面につくぐらい長いボロボロの服で身を隠していた。パサパサした黄色い髪の毛を長く垂らし、顔は白い丸顔だったが、病気のせいですでに少し歪（ゆが）んでいた。施しものを集めて自分のかごに入れては、ひっそり身を隠している農民たちの家に向かって、甘ったるい声で、いつも何かしら可笑（おか）しなことや、悪戯（いたずら）めいたことをほのめかしながら、礼の言葉を叫ぶのだった。

ぼくらの生きたその時代、海岸に近い村々でらい病はよくある病だったが、ぼくらの村の近くに「きのこが原」という小さな集落があって、そこにはらい病者たちが暮らしていた。彼らにぼくらは施しをすることになっていて、それをガラテーオが集めに来ていたわけだった。海岸地帯か田園地帯の誰かがらい病にかかると、親戚や友人たちを置いて、きのこが原で病に果てるまでの残りの一生を送るために旅立つことになっていた。新入りの者を盛大に歓迎する会が催されるという噂だった。遠くから夜中までらい病者たちの家からは楽器の調べや歌声が聞こえてきたものだ。

きのこが原についてはいろいろな風聞があった。もっとも、健康な人間は誰ひとり、そこに行ったことはなかったのだが。ただ、どんな噂も、そこでの暮らしが、終わりのないどんちゃん騒ぎだ、という点で一致していた。村はかつて、らい病人たちの終（つい）の住処（すみか）となる以前、売春婦たちの巣窟で、あらゆる人種、あらゆる宗教の船乗りたちがやってきたものだった。どうも今でも女たちはかつての放埒な暮らしぶりのままだと言う。らい病の人たちは土地を耕すことはなかったが、アメリカブドウだけは別で、その絞り汁でつくる酒が一年中彼らをほろ酔いにしておくのだった。らい病者たちの一番の仕事は、自分たちでつくりだした風変わりな楽器で、弦に小さな鈴がついているハープのようなものを弾くことと、裏声で歌うこと、それからまるでいつでも復活祭であるかのようにたまごに様々な色を塗ることだった。そうして、甘美な音楽に酔いしれながら、ジャスミンの花の冠で、様変わりした面を縁取り、病ゆえに引き離されてしまった世間を忘れた。

　らい病者たちのことを治療しようとした医者は今までだれもいなかったし、トレローニ先生がぼくたちの村にやってきたとき、この土地の傷(いた)みを、彼の学問で治してくれるのではないかと期待した者もいた。ぼくも自分なりに子どもっぽく期待した。ずっともう長いこと、ぼくはきのこが原まで足をのばしたいと思っていて、らい病者たちのお祭りに行ってみたかったのだ。だから、先生が自分のつくった薬をあの気の毒な人たちで実験してみたりしないか、そうすれば、きっと時々あの村までぼくを連れていってくれるんじゃないか、と思ったのだ。しかし、そういうことは一切なかった。ガラテーオの角笛が聞こえてくるたびに、トレローニ先生ときたらあっという間に姿を消し、彼ほど感染するのを恐ろしがる人もいなかった。何度かぼくはその病がどんなものなのか、質問しようとしたのだが、いつもその場しのぎのあいまいな答えばかりで、まるで「らい病」という言葉だけで彼を落ち着かなくさせるには十分のようだった。

　実際、そもそもぼくたちはどうしてずっと先生のことを医者だと思い続けたものか、今となってはわからない。動物、特に小動物や石などの自然現象について、先生は好奇心のかたまりだったが、人間や人間の病気には不愉快そうにいやな顔をした。血が大嫌いで、病人たちを触るときは指先だけでしたし、重い病気を前にすれば、酢で湿らせた絹のきれを鼻につめていた。若い娘のように恥じらって、裸の体を見れば顔を赤らめた。女の患者なら、目を伏せ、言葉をつまらせた。婦人といえば、長い幾度もの航海を通して、まったく女気がなかったらしいのだ。運良く、その当時、ぼくらの土地では分娩（ぶんべん）はお産婆たちの役目で、医者のものではなかった。もしそうでなければ、トレローニ先生はどうやってそのお役目をさけたことだろう。

ぼくの叔父は、火事という策を思いついた。夜中に、突然、貧しい農民たちの飼い葉小屋が、あるいは、木材用の一本の木が、または森全体がまるまる、燃えることが続いた。そういうときは、朝まで、みなで手から手へと、水の入ったバケツを回して火を消そうとしたものだった。被害にあったのは、子爵の定める厳しくなる一方の悪法のどれかについて、あるいはすでに倍増されていた重税について、子爵に何か物を言った気の毒な者たちだった。財産は焼きたくなかったので、彼は村に火をつけた。夜の闇の中、やってきて、火のついた火口を屋根の上に投げては、馬で逃げていくらしいのだが、だれも現場で彼を見つけた者はいなかった。あるときは老人が二人死んだ。また、あるときは若者が死に、その頭は皮がはがれていた。農夫たちの間に、彼への憎悪がつのった。彼のもっとも手強い敵は、ユグノー派の一族で、ジェルビードの丘に住んでいた。そこでは火事を避けるため、男たちが、一晩中夜番に立った。

もっともらしい理由もなく、ある晩彼はきのこが原の村落まで行き、家々のわらぶき屋根に松ヤニと火を放り投げた。らい病者たちは熱い炎にも痛みを感じないで済むので、眠っている間に火に包まれても、目が覚めなかっただろう。ただし、馬で走り去ろうとした子爵には、ヴァイオリンの調べが聞こえてきた。きのこが原の住民たちは、夜通し賭け事に興じていたのだ。みんなやけどはしたものの、痛くもなく、彼ら特有の気性で面白がった。すぐに火は消えた。彼らの家も、まるで住民同様にできているみたいに、炎に焼かれることはほとんどなかった。

メダルドの邪悪さは自分自身のものである、城にまで向けられた。召し使いたちが寝ている城の翼から火の手が上がり、逃げ遅れた者たちがはげしく叫び声を上げる中、子爵が田園に馬で走り去るのが目撃された。自分の乳母で育ての母であるセバスティアーナを殺そうとしたのだ。もはやだれもが、彼の性格はすでに修復不可能な狂気の残虐さに達してしまったと確信していたが、セバスティアーナは、赤ん坊のときから自分が育てた者たちに女たちが振るい続けようとする権威をもって、いつも何かあやまちを犯すたび、子爵を非難したものだった。セバスティアーナは黒焦げの城からどうにか救い出されたが、何日もの間、やけどを癒すために床についていた。

ある夜、彼女が寝ていた部屋の扉が開き、枕元に子爵が立っていた。

「ばあやよ、お前の顔に出ているしみは何なのだ?」と、メダルドはやけどの痕を指して言った。

「ぼっちゃま、あなたの罪の痕ですよ」そう、穏やかに老女は言った。

「お前の肌にはいっぱい斑点が出て、ただれているじゃないか。ばあやよ、お前はどんな病にかかったのか？」

「どんな病もなんの苦でもありません、ぼっちゃま。悔い改めないならあなたを地獄で待っている苦しみに比べれば、なんでもありません」

「お前は早く治らないといけないな。お前のかかっているその病が、人の知るところにならないといいがな」

「自分の体を治して、夫を探そうというわけでもあるまいし。私に大事なのは良き心だけ。あなたにとっても、同じことでしょうに」

「いや、夫になろうという者がお前を待っておる。自分の家にお前を連れていこうとしている」

「年寄りをからかうものではありませぬ、ぼっちゃま、いくらあなたが自分の若さを台なしにされた者だとしても」

「からかってなどおらぬ。ばあやよ、よく聞け。お前の窓の下で、お前を娶(めと)ろうとしている者が、笛を吹いておるではないか」

セバスティアーナが耳を澄ませれば、城の外からいい病の男の角笛の響きが聞こえてきた。

翌日メダルドは、トレローニ先生を呼び寄せた。

「病の疑いのある斑点が、どうしてだかわからぬが、私の年寄りの下女の顔にあらわれておる」と、医師に言った。「だれもが、らい病ではないかとおそれておる。医師よ、あなたの知恵の光にお任せしよう」

トレローニは口ごもりながらお辞儀をして言った。「私のつとめです、領主殿……あなたの思し召しの通りに、領主殿」

彼は後ろを向き、部屋から出て、城からこっそり抜け出して、「カンカローネ」ワインの小さな樽ひとつを手にして、森の中に消えてしまった。そして一週間だれにも姿を見せなかった。彼が戻ってきたとき、乳母セバスティアーノはすでにらい病者たちの村に送られていた。

彼女はある夕暮れ時に、黒い服とヴェールを身にまとい、身の回りの品を入れた包みを腕に抱えて、城を後にした。自分の運命はすでに決まったと、彼女は覚悟した。彼女はきのこが原への道を行かなければならなかった。それまでずっと住んでいた自分の部屋を後にしたが、廊下にも階段にも、だれもいなかった。彼女は部屋から出て階段を降り、中庭を抜け、田園へと出て行った。どこにも人影はなく彼女が近づくたびに、人々は家に引っ込むか、身を隠すかした。二つの音だけからなるメロディーを狩りの角笛が吹くのが聞こえてきた。畑道の先にはガラテーオがいて、自分の楽器の口を空に向けていた。乳母はゆっくり足を踏み出した。畑道は夕暮れの太陽にむかってまっすぐに伸びていた。ガラテーオは長い距離、彼女の先を歩いたが、時々立ち止まっては、クマンバチが木々の茂みの間でブンブンと飛んでいるのを見上げたり、角笛を高くあげて、物悲しい調べを吹いたりした。乳母は自分が後にする菜園や川岸を眺め、背後の茂みの音や遠ざかっていく人々の気配を感じては、また歩き出すのだった。彼女が一人、距離を置いてガラテーオに付いていき、「きのこが原」に到着すると、集落の門が彼女の背中に閉じられた。すると、ハープやヴァイオリンが賑やかに響き出した。

トレローニ先生はぼくをすっかり幻滅させた。セバスティアーナばあやがらい病人たちの村に送られずにすむように指一本動かさなかったこと——彼女のしみがらい病ではないことを知りながら——、それは卑屈さの印だったし、ぼくは先生に対して初めて、嫌悪を感じた。ただし、先生が森に逃げたとき、ぼくのことをいっしょには連れて行かなかったということは付け加えておこう。リスの狩りやラズベリー採りに、ぼくといっしょならどんなに助かるかを知っていたのに。先生といっしょに鬼火探しに行くのが、前ほど好きではなくなっていたから、ぼくはよく、一人であたりを歩き回っては、新しい仲間を探した。

今や、ぼくを一番魅き付ける人たちは、ジェルビードの丘に住んでいるユグノー教徒たちだった。国王が彼らの信仰を奉ずる者たちをことごとく切り刻ませたフランスから逃げてきた人々だった。山脈を越えてやってきたとき、本や聖具は失ってしまったので、彼らにはもう読むべき聖書も、朗ずべきミサも、歌うべき賛美歌も、唱えるべき祈禱もなかった。迫害に耐え続け、異なる信仰の人々の間で生きる者たちにありがちなように、彼らは疑い深く、もうどんな宗教的な本も受けつけなかったし、彼らの祭儀をどうとりおこなうかについての勧めも聞こうとしなかった。だれかがやってきて、自分もユグノーだと言おうものなら、教皇庁から送り込まれた者の偽りの姿ではないかと疑い、ひたすら沈黙するばかりだった。そうして、彼らはジェルビードの丘の固い土地を耕しはじめ、神の恩寵の光が自分たちを照らしてくださるようにと、夜明けから日没すぎまで、男も女も身を粉にして働いた。彼らは何が罪なのかよくわからなかったので、とにかく過ちを犯さぬよう、禁止事項をたくさんつくり、お互い同士、厳しい目つきで監視しあって、だれかにほんのすこしでも罪にあたりそうな振る舞いがないか、目を光らせていた。ぼんやりとしか自分たちの宗派の教義を覚えていないので、冒瀆的な話し方となるのを恐れるあまり、神を名指すことも、信仰に関するどんな言葉を発することも避けていた。そうやって、彼らはどのような礼拝の祭式にも従わず、おそらく、信仰の問題について頭の中で考えることすらもやめてしまっていたが、信心深く、瞑想に耽（ふけ）っている雰囲気だけは今でも漂わせていた。しかし、時がたつにつれ、彼らの骨のおれる農業についての決まり自体が、倹約すべしや、女たちは家庭でこうあるべしという徳目などとともに、まるで戒律と同じ重みをもつようになっていた。

　彼らは孫やら嫁やらでいっぱいの大家族で、みな背が高くゴツゴツした体つきをしていて、いつもまるで祭日のような黒い服にしっかりボタンを上までかけて着、男たちは目深（まぶか）に帽子をかぶり、女たちは白いボンネットをつけていた。男たちは長いひげをたくわえ、いつも鉄砲を肩がけにしていたが、彼らの戒律が禁じていたので、だれも実際にスズメ以外にむけて発砲したことはないらしかった。

　哀れなブドウの木やわずかばかりの麦が何とか育つか育たないかの石灰質の台地の方から、老エゼキエーレの声が聞こえてくる。彼は、天に向かって両手の拳をあげて、白いヤギみたいなひげをふるわせ、帽子のつばの奥で目をぐりぐりさせながら絶え間なく叫びつづける。

「ペストが来るぞ、飢饉になるぞ！」「ペストが来るぞ、飢饉になるぞ！」そして、腰を曲げて働き続ける家族の者たちを叱り飛ばす。「しっかりその鍬で耕せ、ジョーナ！　草取りだぞ、スザンナ！　トビア、肥料をまけ！」と命令を出し続け、休んだり、疲れたりしている者たちは厳しく叱りつけた。そしていつも、畑が荒れてしまわないよう、やらなければいけない山ほどのことをどなりつけると、周りの者たちを押しのけ、自分ががむしゃらに働きだすのだった。「ペストが来るぞ、飢饉になるぞ！」と叫びながら。

彼の妻は、決して叫ぶことはなかったものの、ほかの者たちとちがって、内なる信仰において、一つ一つ細かい点までしっかりゆるぎないように見え、それを言葉でだれかに伝えることはしなかった。ただ彼女が、そのぱっちりした黒目で見つめ、唇の両端をもちあげて、「あら、ラケーレ姉、それでよいと思っておいでですか?」「あら、アロンヌ兄、そんなことしてもよろしかったでしょうか?」と、言うだけで十分だった。――それで、ただでさえ珍しい微笑みはすっかり一族の者たちの口元から消えうせ、重々しく凝らしたような顔つきに戻るのだった。

ある夕方、ぼくがジェルビードの丘に行くと、ユグノーの人々はお祈りの最中だった。朗唱したり、手を組んだり、膝まづいたりしているわけではない。ブドウ畑で、男はこちら、女はあちら、と分かれて列になり、一番奥には老エゼキエーレがその胸にひげを垂らした姿で立っていた。彼らは自分たちの前方をまっすぐに見つめ、その長くてゴツゴツした腕の先の両手は拳をにぎりしめていて、まるで没頭しているように見えたが、自分たちの周りへの注意を失っているわけではなかった。トビアは手をのばし、一本のブドウの木から青虫を取ったし、ラケーレは鋲（びょう）つきの靴底で一匹のカタツムリを踏みつぶし、当のエゼキエーレも突然帽子を脱いで、収穫した麦穂の上に降りてきたスズメの群れを追っ払った。

　それから彼らは聖歌に声を合わせた。歌詞はおぼえていないから節まわしだけなのだが、それすらあやしいもので、誰かがしょっちゅう調子を外すのか、そもそも、おそらく、みんなが調子っぱずれなのか、とにかく、延々と歌い続け、一節終わればまたすぐに、言葉をはっきり発音することなく歌い出すのだった。

　ぼくはだれかに腕を引っ張られたのを感じた。するとそれは小さなエサウで、何も言わずにこっちに来い、とぼくに合図していた。エサウはぼくと同い年で、エゼキエーレ老の末っ子だった。両親に似ているのは厳しい張り詰めた表情だけだったが、いたずらそうな顔をしていた。四つんばいになってブドウ畑を通ってぼくらがそこから離れる間、彼はぼくに言った。「これを三十分もやるんだ、やってられないよな！　ぼくの隠れ家を見においでよ」

エサウの隠れ家は秘密だった。親たちに見つからないように、ヤギの番や、野菜畑のカタツムリ駆除に行かされないように、彼はそこに隠れたものだった。父親がどなりながら畑じゅう彼のことを探している間、彼は何にもしないでそこで何日も過ごした。

エサウにはタバコの蓄えがあって、マヨルカ焼の長い二本のパイプが壁にかけてあった。その一本をとってタバコを詰めて、ぼくにすすめた。火のつけ方をおしえてくれてから、もったいなさそうに大きくふう、ふうっと、吐いてみせたが、ぼくは子どもがそんな風にするのはそれまで見たこともなかった。それでぼくは初めてタバコを吸ったのだが、すぐに気持ちが悪くなってやめた。ぼくに元気をつけようと、エサウは今度はグラッパの瓶をひっぱり出してきてコップに入れてくれたが、ぼくはゴホゴホ咳きこんで、腸がキリキリした。彼の方はまるで水みたいにゴクゴクっと飲んでいた。

「ぼくはさ、随分飲まないと酔わないんだよ」と、彼は言った。

「この隠れ家中いっぱい、いろんなものがあるけど、どこから持ってきたの?」と、ぼくがたずねた。エサウは手をすばやく動かす動作をした。「盗んだのさ」彼は、このあたりの田園一帯を荒らしているカトリック教徒の若者たちの盗賊団の頭領になっていたのだ。木に実っている果物をとって盗むだけでなく、家の中や鶏小屋などにも盗みに入っていた。彼らの口にする呪いの言葉のひどさと頻繁さときたら、ピエトロキオード親方よりさらに上だった。なにしろ、カトリック教徒のとユグノー教徒のと、お互い両方の呪いの言葉を全部合わせて使っていたのだから。

「ほかにもいっぱい罪を犯してるよ」そう言って、彼は説明してくれた。「嘘をつくだろ、インゲン豆の水やりはわすれるし、父も母も敬わなかったり、家に夜遅く帰ったりしているよ。ありとあらゆる罪ってやつを、ためしてみたいんだ。まだお前は小さすぎて、そんなのわからないぞ、って言われてることでもさ」

「ありとあらゆる罪、かい?」ぼくは彼にきいた。「じゃあ、殺すっていうのもやるの?」彼は肩をすぼめてみせた。「殺すのはさ、今はやらない方がいいし、ぼくの役にも立たないよ」

「ぼくの叔父さんは殺すし、たのしみのために殺させている、って、みんなが言ってる」と、ぼくは言った。何か、エサウに言い返してやりたかったのだ。

エサウはぴゅっと唾を吐きすてた。

「そりゃ、ばかなやつらのたのしみさ」と言った。

すると雷の音が響き、隠れ家の外では雨がざあっと降ってきた。

「家ではお前のことを探しているよ、きっと」とぼくはエサウに言った。ぼくのことはだれも探さないが、他の子どもたちがいつも親に探されるのは知っていたのだ。特に天気が悪くなるときはそうだし、きっとそれは大事なことなんだろうとぼくは思っていた。

「雨がやむまでここで待とう」とエサウが言った。「その間はサイコロで遊ぼう」

彼はサイコロと、コインをどっさり持ってきた。ぼくはお金は持っていなかったから、笛とナイフとパチンコをかけて、全部すってしまった。

「がっかりすることはないよ」と、最後にエサウがぼくに言った。「わかるだろ、ぼくがごまかしたんだから」

外では雷が鳴り、稲光りが走り、大雨が降り注いでいた。エサウの洞穴に水が上がってきた。彼はタバコやほかのものを安全な場所に移して、言った。「夜中には、洪水になるよ。走って家まで避難したほうがいい」

ぼくらはびしょびしょで泥だらけになって、老エゼキエーレの小屋に着いた。ユグノーたちはテーブルの周りに集まって座り、ランプの光に照らされていた。そして、聖書の逸話のどれかを思い出そうとしていた。注意深くかつて読んだと思える通りに語ろうとしていたが、どんな意味なのか、それがほんとうなのかは自信がなかった。

「ペストが来るぞ、飢饉になるぞ！」とエゼキエーレは叫び、テーブルを拳でバンと叩き、ランプを消したところでちょうど、ぼくといっしょに息子エサウが戸口に現れた。

ぼくは歯がカチカチ鳴り出した。エサウは肩をすくめた。家の外では、あらゆる雷も稲妻もジェルビードの丘めがけて降ってくるかのようだった。再びランプをつけなおす間、老人は両手の拳をあげて、まるで人間が今まで犯し得たもっとも悪辣なもののように自分の息子の罪をあげつらったが、実はそのほんの一部しか知らなかった。母親は無言でうなずき、ほかの子どもたちやその夫や妻たちもそろって、うつむいたまま聞き、顔は両手で隠していた。エサウはリンゴをかじって、まるでそのお説教は自分には関係ないという風だった。

ぼくはといえば、その雷とエゼキエーレの声を聞きながら、イグサのように震えていた。

警備をしている男たちが外から戻ってきて、叱責は中断された。彼らは頭巾の代わりに袋をかぶり、だれもがずぶ濡れだった。ユグノーたちは順番で一晩中、小銃と鎌と餌わら用の熊手で身を固めて、今では彼らにすっかり宿敵と見なされている子爵の突然の卑劣な来襲にそなえるべく、見張りに立っていた。

「牧師さま！　エゼキエーレさま！」ユグノーたちが叫んだ。「狼が出そうな真っ暗な夜です。『一本足』はまずこないでしょう。家に戻っていいでしょうか、牧師さま？」

「『片手男』の気配は、このあたり一帯、ないのだな?」エゼキエーレがたずねた。

「ありません、雷が落ちた焦げた臭いがするだけです。今晩は『片目』の出てくるような夜ではありません」

「ならば、家にもどって、服を着替えてよ。嵐がどうか、『尻半分』と我らに安らぎをもたらさんことを」

「一本足」「片手男」「片目」「尻半分」とは、ユグノーたちがぼくの叔父につけた呼び名の一部だった。そもそも、本当の名前で彼が呼ばれるのを、ぼくは聞いたことがなかった。彼らはこうやって話しながら、ある種の親しみを醸し出していた――それは、子爵との親しみ、つまり、まるで、子爵が古くからの敵で、ずっと昔からよく知っているかのようだった。彼ら同士の間では、意味深にちらりとほのめかしては、ときに目配せをしたり、クスっと笑ったりもした。「ああ、ああ、『片手男』ときたら……いつもこうだな、『片耳』は」という調子で、メダルドの暗き狂気の行いの何もかも、自分たちにははっきりお見通しであるかのようだった。

そんな風に彼らが話していると、嵐の中、扉をどんと拳で叩く音がした。「こんな天気で、扉を叩くのは誰だろう?」エゼキエーレが言った。「さあ、すぐに扉を開いてやれ」

扉を開くと、敷居にいたのは片足で直立している子爵だった。風になびく真っ黒なマントをまとい、雨でびしょぬれの羽つき帽をかぶっていた。

「私の馬は、お前たちの馬小屋につないできた」と、彼は言った。「私もお前たちのところにどうかとめてくれ。今夜は旅人にはひどい夜だ」

皆がエゼキエーレの方を見た。ぼくはテーブルの下に隠れた。叔父にぼくがこの敵方の家によく来ていることをさとられないように。

「暖炉におあたりください」エゼキエーレが言った。「この家で客人はいつでも歓迎です」

戸口近くには、木の根元に敷いてオリーブの実を拾い集めるときに使うシーツがたたんで積んであった。メダルドはその上に寝転び、眠ってしまった。

暗闇の中、ユグノーたちはエゼキエーレの周りに集まった。「牧師よ、我々の手のうちに、『一本足』がいるのですよ！」ひそひそと彼らは言った。「彼を我らは逃してやらねばいけませんか？　罪のない者たちにこの者がさらに悪行を重ねるのを我らは許すのですか？　エゼキエーレ、『尻半分』の年貢の納めどきがきたのではありませんか？」

老人は天井に向かって両拳をふりあげた。「ペストが来るぞ、飢饉になるぞ！」と叫んだ——ほとんど声を出さないまま、力をこめて話すことを、「叫ぶ」ということができるならばだが。「この家では、かつてどんな客人もあやまった扱いをうけたことはない。わし自らが、この者の眠りを守るために、寝ずの番をしよう」

そう言うと鉄砲を肩がけにして、寝ている子爵の脇に陣取った。メダルドはその片目を開けた。「エゼキエーレ老師よ、何をしているのだ?」

「あなたの眠りを見守っているのですよ、客人よ。多くの者たちがあなたを憎んでおりますから」

「それは知っている」と、子爵が言った。「だから私は城では寝ない。眠ったまま従者どもに殺されかねぬから」

「私の家とて、メダルド殿、皆はあなたを愛してはおりませぬ。けれど、今晩あなたは尊重されましょうが」

子爵はしばらくだまってから、口を開いた。「エゼキエーレよ、お前たちの信仰に私は改宗したい」

老人は何も言わなかった。

「私は邪な者どもに囲まれている」と、メダルドが続けた。「私は彼らすべてを周りからとりさって、ユグノー教徒たちを城に迎え入れよう。エゼキエーレ老師よ、あなたが我が大臣になるのだ。私は、テッラルバはユグノーの土地になったと宣言し、カトリックの君主どもと戦火を交えようぞ。お前やお前の一家の者たちが、長となるのだ。同意してくれるか、エゼキエーレ？　私にお前たちの洗礼を施してくれぬか？」

老人は直立不動のまま、大きな胸には銃をかけた帯が斜かけになっていた。「我らの教えについて、だれかに洗礼を施すには、あまりにも多くのことを私は忘れてしまいました」と、言った。「私は私の土地に残り、私の良心に従って暮らしていきましょうぞ。あなたはあなたの土地であなたの良心に従われよ」

子爵は肘をついて、身を起こした。「わかっておるのか、エゼキエーレよ、私はまだ我が領地に異端者どもがいると、異端審問所に通知してはおらぬ。それに、お前たちの土地を我らの大司教に差し出せば、私は再び教会の恩恵を受けられるだろう」

「我らの頭はまだ我らの首にのっています、殿よ」老人がこたえた。「ただ、それよりももっと我らから奪うのがむずかしいものがあるのです」

メダルドは急に立ち上がり、扉をあけた。「敵の家の中で寝るぐらいなら、あの樫の下で寝たほうがましだな」そう言って、雨の中を駆けて行った。

老人はほかの者たちを呼んだ。「息子たちよ、書いてあった通りだ。まず『一本足』が我らのもとにやってくると。さあ、もう奴は去っていった。我らの家へとつづく道は安らかだ。希望を失うな、息子たちよ。きっと、いつか、より良き旅人が我らのもとを訪れるだろう」

ひげを生やしたユグノーの男たちとボンネットをかぶった女たちはみな、うなずいた。

「もしだれもここを訪れないとしても」とエゼキエーレの妻が言葉をつないだ。「我らは我らの地に残るでしょう」

そのとき、空を引き裂く稲妻が走り、雷鳴が屋根の瓦と壁の石を震わせた。トビアが叫んだ。「雷が樫の木に落ちたぞ。燃えるぞ！」

皆がランタンを手に、家の外に駆け出すと、その大木が半分、頂から根本まで炭と化していた。もう一方の半分は、まったく無事だった。遠くから、雨がふりすさぶ中、一頭の馬が走り去るひづめの音が聞こえ、稲妻が光りマントをひるがえす騎士の細身の姿が照らし出された。

「牧師さま、あなたのおかげで我らは生き延びました」と、ユグノーたちは言った。「感謝します、エゼキエーレよ」

空は東から晴れ、もう夜明けだった。

エサウはぼくを離れたところから呼んだ。そして、「あいつら、ばかだろう」と、小声で囁いた。「この間にぼくが何してたか見てよ」そう言って、一握りのキラキラ光るものを見せた。「ぜんぶ鞍についてた金の飾り鋲だ、馬が馬小屋につながれてる間にぼくが奴から頂戴したよ。そんなことも思いつかないなんて、あいつらのこと、お前、間ぬけだと思うだろ」

エサウのこういう行いはぼくには気に食わなかったし、彼の親族の行いはぼくを気後れさせた。それならぼくは、勝手に一人でいた方がよかったし、浜でカサガイを拾ったり、カニをつかまえる方がよかった。ぼくが岩場のはじっこで小さなカニを巣からおびき出そうとしていると、静かな水面に、ぼくの頭の上に一振りのまさかりが映っていて、ぼくは恐怖のあまり海に落ちた。

「ここにつかまれ」とぼくの叔父は言った。自分がぼくの後ろから近くに寄ってきたくせに。剣の刃の側を差し出して、つかまれと言う。「だいじょうぶ、自分でやります」と、ぼくは答えて、残りの岩場から一尋ほど離れた突き出た岩に自分で登った。「カニ取りをしているのか?」と、メダルドが言った。「私はタコを取っているのだ」と、彼は言って、自分の漁の成果をぼくに見せた。黒ずんだ色のと、白っぽいのと両方、大きなタコばかりだった。みな、一刀両断にされていたが、まだ足がぴくぴく動いていた。

「こんな風に、すべての完全なものはまっぷたつにすることができるし」と、叔父は岩の上にうつぶせになってぼくに言いながら、ぴくぴくしているタコの半身を撫でていた。「こんな風に、各々が自らの鈍重で無知なる完全さから解放される。私はかつて完全で、すべては私にとって空気のように自然かつ混乱していて、ばかげていた。私はすべてを見ていると信じ込んでいたが、それは単なる上っ面に過ぎなかった。もしいつか、お前がお前自身の半分になることがあったなら――私はそうなるよう、お前のために祈るが――、お前も、完全な頭の凡庸な知性を超え、物事を理解するだろう。そのとき、お前自身の半分と世界の半分とをお前は失うが、残った半分は限りなく深く、得難いものなのだ。そのときお前も、すべてがお前の似姿のごとく、まっぷたつに切り裂かれるようにと望むはずだ。美も知性も正義も、切り刻まれたもののうちにしか存在していないのだから」

「あ、ああ」と、そのときぼくは叫んだ。「すごいなあ、カニがここにいっぱいいる」と、カニ取りに集中しているふりをして、叔父の刀から離れた。叔父がタコを持っていなくなるまで、ぼくは岸には上がらなかった。ただし、叔父の言葉の余韻はぼくの気持ちを乱しつづけ、彼の切り裂きたいという狂気から、どうして逃れればよいのかわからなかった。どちらを向いても、トレローニ医師もピエトロキオード親方もユグノーたちもらい病者たちも、ぼくらはだれもがまっぷたつの男の支配下にいて、彼こそ、ぼくらみんなが仕えている主人で、ぼくらは彼から自由になれないのだった。

6

跳躍する馬の鞍にしっかり自分を固定して、メダルド・ディ・テッラルバは早朝から急斜面を上ったり下ったりして、谷を見下ろし猛禽のような目でじっくりと眺め渡した。そうしているうち、牧草地の真ん中に牧場（まきば）の娘パメーラがヤギを連れているのを見つけた。

子爵は独り言を言った。「そう、我が鋭敏なる情感のうち、五体満足な者どもが愛と呼ぶのに対応するようなものはない。しかし、彼らの鈍い情感でもそんなに大事なものならば、私にとってそれに対応するものは、どんなに素晴らしく並外れたものになるだろうか」そして、パメーラに恋をすることに決めた。彼女はぽっちゃりしていて裸足で、ピンクの粗末な服を着て、草原にあおむけになって昼寝をしたり、ヤギたちと話したり、花の匂いを嗅いだりしていた。

ただし、彼が冷静に言葉にしたそんな考えに、だまされてはいけない。パメーラを見て、メダルドは自分でもよくわからない動悸を感じたのだ。それは、もう長いこと感じたことのない何かだったので、恐れからくる性急さのようなもので、無理やりそんなへ理屈をこねたのだから。

帰り道、正午に、パメーラは野原のマーガレットの花がすべて、半分しか花びらがなくなって、丸い花の残りの半分がむしり取られているのに気づいた。「あらあら」と、彼女は独り言を言った。「谷に住んでる娘たちの中から、よりによってこのあたしに当たるなんて!」子爵が自分に恋をしたことが彼女にはわかったのだ。半分になったマーガレットを全部摘んで家に持って帰り、祈禱書のページに挟んで押し花にした。

午後になって「尼が原」にカモたちを連れて出かけ、池で泳がせることにした。野原には白いシロニンジンの花がそこここに咲いていたが、この花にもマーガレットと同様の運命が待っていて、花の軸から一部分がハサミで切られたようだった。「ああ、あたしってなんて哀れなの」と、彼女は独り言を言った。「彼が好きなのは、このあたしなのね!」そう言って、彼女は半分に切られたシロニンジンの花を拾い集め、整理だんすの上の鏡の縁にぐるりと飾った。

それからもう考えるのはやめにして、頭の周りに三つ編みをぐるりと巻き、ブラウスを脱ぎ、自分のカモたちといっしょにその池で水浴びをした。

夕方、野原を通って家に帰る途中、「綿ぼうし」とも呼ばれるタンポポがいっぱい咲いていた。そこでパメーラは気付いた。タンポポの綿毛は片っ方だけになっていて、まるで誰かが地面に横たわり、片方の側からフーッと綿毛を飛ばしたか、半分しかない口で吹いたかのようだった。パメーラが白い半分だけの綿ぼうしの花を摘んで吹くと、柔らかい綿毛はフワフワ遠くに飛んで行った。「ああ、あたしって本当になんてかわいそう」と彼女は独り言を言った。「やっぱりあたしが好きなのね。一体これからどんなことになるのやら」

パメーラの小屋はとても小さかったので、ヤギたちを二階に、カモたちを一階に入れてやると、もうだれも入れなかった。まわりはミツバチがいっぱいで、そのあたりでは養蜂もしていた。そして地面の下にはアリの巣がいっぱいのびていて、どこでも手をおけば、黒く、アリだらけになるほどだった。そんな具合で、パメーラの母親はわらの貯蔵小屋の中で眠り、父親は空っぽの樽の中で眠ることになっていて、パメーラ自身はイチジクの木とオリーブの木の間にかかったハンモックで寝た。

パメーラは家の戸口で立ち止まった。蝶が一匹死んでいた。羽一枚と身体の半分は、石で潰されていた。パメーラは鋭い叫びをあげ、父親と母親を呼んだ。

「だれがここに来たの？」と、パメーラはたずねた。

「ちょっと前、我らが子爵殿が立ち寄られたよ」と、両親が言った。「自分を刺した蝶を追っかけているのだとおっしゃった」

「いつ、蝶が人を刺したりするでしょうよ」と、パメーラが言った。

「そうだね、私たちも不思議に思ったよ」

「本当は」と、パメーラが言う。「子爵さまは、あたしのことが好きなのよ。だから、あたしたちは最悪の事態に備えないといけない」

「いや、いや、そんな風にお前は思い上がるんじゃない、そんなことはありえないよ」と年寄りの両親が言い返した。若者が言い返さないときには、年寄りの方がそんな風に言い返すものだ。

　翌日、ヤギを放牧するときにいつも座る岩のところに着いて、パメーラは叫び声をあげた。おぞましい残骸が、岩の上にへばりついていたのだ。それは半分だけのコウモリに、半分だけのクラゲだった。一方は黒い血を、もう一方はねばねばの粘液を滴（したた）らせ、一方には広げられた羽根が、もう一方にはゼリーのような襞々（ひだひだ）がついていた。牧場の娘はそれがメッセージなのを理解した。その心は、「今晩海辺で待っている」。パメーラは勇気をふるいおこして出かけた。

彼女は海岸の小石の上に座り、白い波が寄せては返すのを聞いていた。するとしばらくして、小石を打つひづめの音が聞こえ、メダルドが海岸を駆けてきた。馬を止め、締め金をはずし、鞍から降りた。

「パメーラよ、私はお前に恋することに決めた」そう、彼は言った。

「それで、そのために」と、彼女は問いつめた。「自然の生き物の何もかもをあなたは切りさいなむのですか?」

「パメーラよ」と、子爵はため息をついた。「これ以外に、我らは語り合うための言葉がないのだ。この世で二つの存在が出会うとは破壊しあうことだから。私といっしょに来い、私はその痛みを知る者だし、私といっしょなら、お前はほかのどんな者といっしょにいるよりも安全だろう。私はほかの者たちと同様に痛みを作り出すが、ほかの者たちとちがって私の手に狂いはないから」

「それなら、あたしのことも、マーガレットの花や、クラゲのように、切りさいなむのですね?」

「お前と何をするか、私にはわからない。お前がそばにいてくれれば、自分でも想像できないことができるようになるのはたしかだが。お前を城に連れて行き、そこに住まわせよう。ほかの者はだれもお前を見ることなく、我々はじっくり何日でも何ヶ月でもかけて、二人で何をすればよいかを理解し、どうやって共に過ごせばよいか新しい方法を考え出せばいい」

パメーラは小石の浜に寝そべり、メダルドは彼女の近くに膝まづいていた。彼は話しながら、彼女を触ることなく、その体の周りをなぞるように手を動かしつづけていた。

「いいでしょう。あたしはまず、あなたがあたしに何をするか知らないといけません。それで、今、あたしにちゃんと試させてくださるなら、あたしはお城に上がるかどうか、決めましょう」

子爵は自分の細い鉤状の手を、そっとパメーラの頰に近づけた。その手は震えていて、手を伸ばして撫でようとしているのか、引っかこうとしているのか、定かでなかった。しかし、手で彼女に触れる前に、彼は突然手を引っ込め、立ち上がった。

「お前に城に来て欲しい」そう言って、彼は馬の背に登った。「お前が住むことになる塔を用意しよう。あと一日、考える時間をやる。そのときまでに決心しておかねばならぬ」

そう言って、海岸を勢いよく駆け去っていった。

翌日、パメーラはいつもと同じように桑の実をとろうと木に登ったが、茂みの中からうめき声とバタバタという音が聞こえてきた。びっくりしてあやうく木から落ちるところだった。一本の枝に、羽がしばられた雄鶏がくくりつけられ、大きな青い毛の生えたイモ虫たちがそれを貪り食っているところだった。それは、松の木の上に生息する残酷な昆虫、ギョウレツケムシの巣で、ちょうど鳥のトサカの上にそれが載せてあった。

これが子爵のむごたらしい新たなメッセージなのはまちがいなかった。パメーラはそれをこう解釈した。「明日の夜明けに森に来い」

松かさを袋いっぱいに集めるという口実で、パメーラは森の方に登っていった。すると突然、木の幹の後ろから、松葉杖のメダルドが姿を現した。

「では、聞こう」と、彼はパメーラにきいた。「城に来る決心はついたか?」

パメーラは松葉の上に横になっていた。「行かぬ決心がつきました」と、わずかにそちらに向き直りつつ答えた。「あたしに会いたいなら、あなたがこの森に来てくださいな」

「お前が城に来るのだ。お前が住むはずの塔はもう準備が整っている。それはすっかりお前だけのものだ」

「あなたはあたしを囚われ人にして、もしかすると、火事であたしを焼き殺そうとか、ネズミにかじり殺させようか、とか思っていらっしゃるのかも。だめです、だめ。あたしはあなたに言ったじゃないですか。あたしはあなたのものになりましょう、もしあなたがそう望むならって。ただし、それはここで、松葉の上でに限ります」

子爵は彼女の頭のわきにしゃがみ込んだ。手には一本の松葉を持ち、彼女の首に近づけて、首のまわりをぐるっとなぜた。パメーラは鳥肌が立ったが、そのまま動かなかった。じっと見下ろす子爵の顔が見えたが、その横顔は正面から見ても横顔のままに見え、半開きの口からこぼれる歯も半分の並びだけが見えた。メダルドは拳の中にその松葉を握りしめ、半分に折った。「お前を城の中で私のものにしたいのだ、城の中で！」

パメーラは賭けに出るべきときが来たとさとり、裸足の足を宙で動かしながら言った。

「この森の中でなら、あたしはいやとは言いません。建物の中は、死んでもいや」

「いつか私はお前を連れて行くぞ！」メダルドはそう言って、まるでたまたまそこに通りかかったように近づいてきた馬の背に手を置いた。そして、鞍に登り、森の小道を駆け去った。

その晩パメーラはオリーブの木とイチジクの木の間の自分のハンモックで眠ったが、朝目覚めると、なんとぞっとすることに、自分のお腹の上に小さな血だらけの死骸がのっていた。それは、半身のリスで、例によって縦に二つに裂かれていたが、金色のしっぽはそのままだった。「ああ、あたしってなんて哀れなの」と、彼女は両親に嘆いた。「この子爵ときたら、もうあたしを生きたまま放っておいてはくれないわ」

父親と母親は、手から手へとリスの死骸を手渡しした。

「それでも」と、父が言った。「尻尾はまるまる残してある。これはたぶん、いい兆しだ」

「もしかすると、良いひとになってきたのかもしれないね」と、母が言った。

「いつも、何もかも、まっぷたつに切り裂く」と、父が言った。「でも、リスの体で一番きれいなところ、尻尾は、ちゃんと残した……」

「このメッセージは多分」と、母が言った。「お前のもってる善いものや、きれいなものは、ちゃんととっておくぞ、ということじゃないのかね」

パメーラは両手を髪の毛につっこんだ。「父さん、母さん、あなたたちからなんてことをあたしは聞かなけりゃならないの?! なにか、かくしているでしょう。子爵と話したのね」

「話しちゃいないよ」と、父が言った。「直接じゃなくて、われわれのところに伝言を送ってきた。私らのところに会いに来たい、うちの貧乏なのを何とかしようってな」

「父さん、もしうちに話しに来たら、ハチの巣を外に出し、ハチに出迎えさせなさいよ」

「娘よ、メダルドさまは多分、良いひとになっておいでだよ」と、年老いた母が言った。

「母さん、もし話しに来たら、アリの巣の上にしばりつけて、放っておけばいいわ」

その夜、母親が眠っていたわらの貯蔵小屋には火がつき、父が中で寝ていた樽はバラバラにこわれた。朝になって、二人の年寄りがその災難の残した様をじっと眺めていると、子爵が現れた。

「昨日の晩はお前たちを驚かせて、悪かった」と、言った。「しかし、私はどうやって話を切り出せばいいかわからなかったのだ。実際、私はお前たちの娘のパメーラが好きなので、私の城に連れて帰りたい。それで、お前たちに娘を私の妻にくれるよう正式に頼もう。パメーラの人生も、お前たちの人生も、変わるだろう」

「ご領主殿、私どもがうれしくないはずがありましょうか」と、老人は言った。「ただし、私の娘の性格がどんなものか、あなた様がお知りかどうか。だいたい、ハチどもをあなたさまにけしかけろと言ったんでございますから」

「ご領主殿、ちょっとお考えください」と、母親が言う。「あなたさまをアリの巣の上にくくりつけろと言ったのですよ」

幸運なことに、その日パメーラは早く家に戻った。自分の父親と母親が、さるぐつわをかませられ、一人はハチの巣の上に、もう一人はアリの巣の上に、くくりつけられているのを見つけた。幸運なことに、ハチは老人のことを知っていたし、アリたちは忙しくて老女をかじるどころではなかった。それで何とか、パメーラは二人とも救うことができた。

「よくわかったでしょ、子爵がどんなに良いひとになったか？」そう、パメーラが言った。それでも二人の年寄りはまだなにかたくらんでいた。翌日、彼らはパメーラをしばって、家の中に動物たちといっしょにおきざりにした。そして、城まで出かけていき、子爵に、もしお望みなら私どもの娘を連れにひとをやればよろしいでしょう、私どもは娘をあなたさまに差し上げますから、と言った。

しかし、パメーラは動物たちの言葉を知っていた。カモたちがくちばしでつついて、彼女のひもを解いてやり、ヤギたちが角で扉を突き破った。パメーラは走って逃げ出し、自分といっしょにお気に入りのヤギ一頭とカモ一羽を連れて行き、森の中で暮らすことにした。彼女とひとりの男の子しか知らない洞窟に住んで、その子が食べ物と知らせを届けた。

その男の子がぼくだった。パメーラといっしょに森で過ごすのは悪くなかった。ぼくは彼女に果物やチーズや揚げた魚を届け、彼女は代わりにヤギのお乳をカップ何杯かとカモの卵をいくつかくれたものだった。彼女が池や小川で水浴びするときは、ぼくがだれにも見られないよう見張りをした。

森の中をときどきぼくの叔父が通り、近づいては来なかったものの、相変わらず彼独特の悲しいやり方で自分の存在を示した。パメーラと彼女の動物たちの近くすれすれに崖崩れの岩が落ちてきたり、彼女が寄りかかろうとした松の木の幹が倒れて、木の根本には斧の切り込みが入れられていたりした。泉の水が、殺された動物たちの死骸で濁っていたこともあった。

ぼくの叔父は、片腕だけで操ることができる石弓をもって、狩りに出るようになった。そうは言っても、ますます鬱々とやつれてきて、新たな苦悩が彼の身体の残滓を苛んでいるようだった。

ある日、トレローニ医師が畑道をぼくといっしょに歩いていると、騎乗の子爵が近づいてきて、医師をあやうく踏みつけそうになって、医師は倒れた。馬は、イギリス人医師の胸の上にひづめをあげたまま立ち止まり、叔父がこう言った。「医師よ、私に説明してくれ。私はもう一本のない方の足がたくさん歩いてつかれている気がする。これはどういうことだろうか?」

トレローニはいつもながら、困惑し、口ごもり、子爵はそのまま駆け去った。しかし、その質問は医師を驚かせたらしく、彼は頭を両手で抱えてじっと考えこんだ。人間の治療の問題に先生がこんなに関心をもつのを、ぼくはそれまで見たことがなかった。

7

「きのこが原」の周りはペパーミントの茂みやローズマリーの生垣が生えていて、それがもともと自然に生えたものなのか、香草の菜園だったのか、わからなかった。ぼくは甘い香りを胸いっぱいに吸いながらそのあたりをうろうろして、どうにかセバスティアーナばあやに会えないものかと道を探した。

セバスティアーナがらい病者たちの村に続く小道に消えていった日以来、ぼくはより頻繁に自分が孤児であることを思い出すようになった。彼女について何も便りがないのが、ぼくにはたまらなかった。ガラテーオが通りかかるときに、木にのぼって上から大声でたずねてみるのだが、何せ、ガラテーオは、木の上から彼に向かって生きたトカゲを投げつけたりする子どもたちの敵だったから、ばかにしたような理解不能な答えを、そのかすれて甲高い声で返してくるばかりだった。そうなるとぼくの心の中で、「きのこが原」に入ってみたいという好奇心に、立派なばあやにまた会いたいという気持ちが重なって、ぼくは芳しい茂みの間を休むことなく歩き回った。

するとある日、タイムの茂みから、白い服を着て麦わら帽をかぶった人物が姿を現し、村にむかって歩き出した。それは、らい病の老人で、ぼくはばあやについてたずねようと、大声ではなく、ちょうどぼくの声が聞こえるところまで近づいて言った。「ねえ、そこのらいのおじいさん！」

するとその瞬間、まるでぼくのその言葉で目覚めたみたいに、すぐ近くからだれかもう一人の人物の姿が起き上がってすわり、伸びをした。まるで干からびた果物の皮みたいにしわだらけの顔で、まばらで羊の毛みたいな白いあごひげを生やしていた。ポケットから笛を取り出し、まるでぼくをからかうみたいに、ぼくの方にむけてピーピーと吹いた。そこでぼくは気づいた。日差しのポカポカとしたその午後、あたりは、寝っころがった、茂みに隠れたらい病の者たちだらけで、彼らは自分らの薄い色の僧衣を着たままゆっくり起き上がると、手に楽器や庭道具を持って音をさせながら、「きのこが原」に向かって逆光の中を歩いていた。ぼくはひげの生えた男から離れたが、それであやうく、月桂樹の葉の木陰で髪を梳かしている鼻の欠けたらい病の女の人にぶつかりそうになった。そして、いくら茂みづたいにぴょんぴょん跳んでみても、どうしてもだれか別のらい病者にぶつかってしまい、どうやってもぼくが進んで行けるのは「きのこが原」の方向だけだと気がついた。そのわらぶき屋根は、凧のような花綱で飾られていて、もう間近の丘のふもとに見えてきた。

らい病者たちは、目を細めたり、アコーディオンの和音を鳴らしたりしながら、ちらちら時折ぼくに注意を向けていたのだが、どうもたしかに彼らの行進の真ん中にぼくがいるらしく、まるで捕まえた獲物のように「きのこが原」に連れて行こうとしているようだった。村の中の家々の塀は藤色に塗られていたが、ある窓辺から、半分服が脱げかけて、顔と胸に藤色のしみのある、竪琴を弾いている女が叫んだ。「庭番たちが帰ってきたよ！」そして、竪琴をかき鳴らした。他の女たちは家々の窓や露台から顔を出し、鈴を振りながら歌っていた。

「おかえーりなさーい、にわばーんたーちよーー！」

ぼくはその路地のなるべく真ん中を通って、だれにもさわらないように気をつけた。だが、まるで十字路の真ん中にいるような具合に、らい病者たちにすっかり四方を囲まれていた。彼らは男も女も自分の家の戸口にすわりこみ、ずたずたに裂けて色褪せた僧衣を着ていたが、その穴の間からは腫れ物だの恥ずかしい部分だのが見え隠れし、髪の毛にはサンザシやアネモネの花をさしていた。

らい病者たちは、どうやらぼくを歓迎するために小さな音楽会を開いてくれたのだ。何人かはぼくの方に、やり過ぎなぐらいの弓の運びでヴァイオリンを傾け、ほかの者たちは、少しでもぼくがそちらに目をやれば、カエルの鳴き真似をした。糸の上を上がったり下りたりする不思議な操り人形をぼくに見せる者たちもいた。こんなにいろいろでバラバラの身振りや音が鳴り響き、さながらまさに小音楽会だったが、一種のリフレインの節回しがあって、みなが時折それを繰り返した。「真っ白な小鳥が一羽、桑の実さがして、赤く染まるよ」「ぼくはぼくのばあやを探してるんだ」と、ぼくは大きい声で言った。「セバスティアーナばあやです。どこにいるか知っていますか?」彼らは、意地悪なわけ知り顔をして爆笑した。「セバスティアーナ!」ぼくは叫んだ。「セバスティアーナ! どこにいるの?」「ここだ、ぼっちゃんよ」ひとりのらい病の男が言った。「いい子だ、ぼっちゃん」と言いながら、ひとつのドアを指差した。

ドアが開き、浅黒い女が出てきた。多分彼女はサラセン人で、半ば裸のような出で立ちに刺青が見え、凧のしっぽみたいな布だけを身につけて、官能的な踊りをはじめた。それから何が起こったものか、ぼくにはよくわからなかった。男たちと女たち、みながおたがいに抱き合って、後からぼくが「らんちき騒ぎ」なるものと理解したことを始めたのだ。

ぼくが身を小さく小さく縮めたところ、急に、あの立派なばあやセバスティアーナが、人々に道をあけさせて現れた。

「恥知らずの者たちよ」と、彼女は言った。「すくなくとも、罪のない子どもの前では身をつつしむがいい」

ぼくの手を取って、ほかの者たちが「真っ白な小鳥が一羽、桑の実さがして、赤く染まるよ」と歌っている間に、その場からぼくを連れ去った。

セバスティアーナは、まるで修道女のような頭巾つきの淡い紫色の服を着ていたが、すでにもういくつかのしみが彼女のしわのない頬に刻まれていた。ぼくはばあやが見つかったのがうれしかったが、手を取られて、らい病がきっともううつったとがっくりした。そこで彼女にそう言った。

「こわがらなくてもだいじょうぶ」と、セバスティアーナは答えた。「私の父は海賊で、私の祖父は隠修者だった。おかげで私は、この土地のものでもムーア人のものでも、どんな病にも効くあらゆる薬草の効用を知っているからね。ここの病者たちはオレガノやゼニアオイを取り合いするが、私はそっとだれにも言わずに、ルリチシャやクレソンをつかった特別な煎じ薬をつくっているから、死ぬまでらい病にはかからない」

「じゃあ、ばあや、その顔に出てるしみはなんなの？」と、ぼくはたずねた。とてもほっとしたものの、まだすっかり納得はしていなかったのだ。

「松ヤニだよ。病者たちに、私もらい病を患っていると思わせるためにね。さあこっちの私の家においで、熱々の薬草茶をのませてあげるから。こういう土地をめぐるには気を付けるに越したことはない」

彼女はぼくを自分の家に連れて行った。ちょっと人里離れた粗末な小屋だったが、きれいに掃除され、洗濯物が干してあった。そこでぼくらは喋り続けた。

「それでメダルドは？　それでメダルドは？」彼女はぼくにたずねかけ、ぼくが話すたびに途中でさえぎるのだった。「ああ、なんて悪い子になったんだろう！　ああ、なんでそんなに意地がわるいのか！　恋をしているって！　ああ、なんて哀れな娘だろう！　いや、それにここがね、ほんとはどんなところなのか、あんたたちには想像もできない！　どんなにものが無駄になっているか知ってもらいたいものだね！　私たちが食べないでとっておいてガラテーオにあげているもの、それがどうなっているかわかるかい？　ああ、あのガラテーオは曲者（くせもの）でね。わるい奴なんだよ、彼だけではないけれどね。それに夜中に彼らがすることときたら！　そして、昼間だってね！　ここの女たちときたら、こんなに恥知らずの女たちなんて私は見たことがなかった！　繕（つくろ）い物でもできればともかく、それだってできやしないんだから！　いつだってだらだらしていて、着てるものもボロボロで！　ああ、私は直接、言ってやったこともあるよ。そうしたら、私になんて言い返したかわかるかい？」

ぼくはこうしてばあやをたずねたのがとても嬉しくて、翌日はウナギ釣りに出かけた。釣り糸を渓流の淵に落とし、待っているうちに眠ってしまった。どれぐらいぼくの居眠りは続いたのか、物音がしてぼくは目が覚めた。目を開けると見えたのは、ぼくの頭上の宙にのびた一本の手で、その掌（てのひら）には毛の生えた赤いクモがのっていた。そちらを向いて見ると、黒いマントをきたぼくの叔父がいた。

ぎょっとしてぼくは飛び上がったが、その瞬間クモは叔父の手を咬み、あっという間にどこかに消えた。叔父は手を自分の唇にあて、軽く傷口を吸って言った。「お前は眠っていたが、あの枝からお前の首に毒グモが糸を垂らして降りていくのに気がついたのだ。そこで私の手を差し出したら、ほら、ここを咬まれたってわけだ」

ぼくは一言だって、信じられなかった。もうすでに三回、似たような仕掛けで、彼はぼくの命を狙ったと言うだけでは済まないことをやっていたんだから。しかし、たしかに今回はクモに咬まれたのは彼で、その手はもう腫れていた。

「お前は私の甥だね」と、メダルドが言った。

「そうです」と、ぼくは少しびっくりしながら答えた。何せ、彼がぼくのことを認めているのを示したのは初めてだったから。

「私にはお前がすぐわかった」と、彼が言った。そして、さらに付け加えた。「ああ、クモよ！ 私には手が一本しかないが、お前はそれに咬みついて毒で傷つけようというのか！ いや、たしかに、こうして、私の手でよかった、この子の首ではなくて」

ぼくの知る限り、ぼくの叔父がこんな風に話したことはかつてなかった。ほんとうのことを言っているのか、急に善良になったのか、という疑いがぼくの心をかけめぐったが、すぐにそれをかき消した。ふりをしたり、わなをかけたりするのは、彼の得意技じゃないか。たしかに、すっかり変わったようには見える。顔つきが神経質でも残酷でもなく、物憂げで悲嘆に沈んだ様子だが、きっとクモに咬まれて心配で、痛いのだろう。でもほこりをかぶっていつもとちょっとちがう頭巾も、そんな印象を与えているのかもしれない。黒いマントにはちょっとかぎ裂きが入り、すそには枯葉や栗のイガがくっついていた。上着も普段の黒いビロードではなく、今日はすりきれて色あせたあや織の綿布で、足には革製の長いブーツではなく、水色と白の縞模様の毛糸の靴下をはいていた。

彼に興味がないと示すため、ぼくはウナギが釣り糸にかかっているかを見に行った。ウナギはかかっていなかったが、釣り針にダイヤモンドのはまった金の指輪がかかって輝いているのを見つけた。引き上げてみると、宝石にはテッラルバ家の紋章が彫られていた。

子爵は目でぼくを追って、言った。「おどろかなくていい。ここを通りかかったとき、糸にかかったウナギがもがいているのが見えて、あんまり哀れだったから放してやった。だが、私の行いが漁師におよぼした損害に気がついて、私の指輪で取り戻してやろうと思った。それが私に残っていた最後の高価なものだったのだ」

ぼくは口をポカンとあけたままだった。そこでメダルドは続けた。

「私はお前が釣り人だったのにまだ気づいていなかったのだ。それからお前が草の間で眠っているのを見つけたのだが、お前を見つけた喜びも束の間、すぐにお前の方にあのクモが降りてきて、それは心配にとって代わられたということだ。それからどうなったかは、お前の見ての通りだ」と言って、自分の腫れて紫色になった手を悲しげに見つめていた。

何もかも残虐なだまし打ちの結果かもしれない。ただし、ぼくは思ったのだ、彼の気持ちが突然がらっと逆さまになったのならどんなにいいだろう、セバスティアーナやパメーラや、彼の残虐さに苦しんできた者たちのすべてに、どれだけの喜びをもたらすだろう、と。

「叔父さん」と、ぼくはメダルドに言った。「ここでぼくを待っていてください。薬草のことはなんでも知っているセバスティアーナばあやのところに行って、クモに咬まれた毒を治してくれるのをもらってきますから」

「セバスティアーナばあや、か」子爵は、横になって胸の上に手をあてながら、そう言った。「一体、ばあやはどんな様子か?」

ぼくは、セバスティアーナがらい病にかかっていないと言うほどは気を許していなかったので、ただ次のように言った。「そう、まあまあです。では、行ってきます」そう言って、ぼくは走り去った。何よりも、セバスティアーナにこの不思議な出来事についてどう思うか、聞いてみたくて仕方がなかった。

ばあやのあばら家に再び会いに行った。あんまり走って大慌てだったので息を切らして、話もちょっと混乱していたが、老女はメダルドの善行より、クモに刺されたのをまず気にした。「赤いクモだった、と言ったね? そう、そう、そういうときに要る薬草なら知っているよ。ひとりの木こりの腕が昔、腫れてしまったことがあった……良いひとになったっっていうのかい？　まあ、何て言えばいいのか、いつもそういう子だったし、あの子をどう扱うべきかを知らないといけないってこと。ああ、あの薬草はどこへ入れておいたんだっけ？　湿布をしてやればいい。小さい頃から、いたずらだったから、メダルドは……ああ、薬草があった。小袋に分けて入れてあった……それにしても、いつも、こうだ。痛い目にあうと、ばあやのところに泣きにくる……その咬み傷は深かったかい？」

「左手がこれぐらい腫れていた」と、ぼくは言った。

「ああ、ああ、坊や」と、乳母は笑った。「左手とお言いかい。一体どこにやってしまったものだろう、メダルドさまは左手をね？　ボヘミアであのトルコ人たちのところに――悪魔たちの呪いあれかし――、置いてきたのじゃなかったろうか。メダルドは、そっくり左の半身を置いてきてしまったはず……」

「ああ、そうだ」と、ぼくが叫んだ。「いや、でもね、叔父さんがあっちにいて、ぼくがこっちにいて、手をこうやってまわして見せていたんだから……そんなことがありえるかな？」

「もう、右手も左手もわからなくおなりかい？」と、乳母が言った。「五歳のときにはもうわかっていたのに……」

ぼくはもう、何が何だかわからなかった。たしかにセバスティアーナの言う通りだったけれど、ぼくが覚えていたのはまったく逆さまだった。

「この薬草を、さあ、彼のところに届けておくれ、いい子だからね」と、ばあやが言って、ぼくは駆け出した。

ぼくは渓流のところまではあはあ息を切らしてたどり着いたが、叔父はもういなかった。あたり一帯を探し回ったが、腫れて毒におかされた手をしたまま、どこかへ消えてしまっていた。

夕闇が迫り、ぼくはオリーブの木の間をさまよい歩いた。すると、彼がいた。黒いマントにくるまって、岸辺に立ったまま、木の幹に寄りかかっていた。ぼくに背を向け、海の方を見ていた。ぼくはふたたび、恐怖が戻ってくるのを感じたが、やっとのことで、蚊の泣くような声で言うことができた。「叔父さん、傷口用の薬草を持って来ました……」

半分の顔がすぐに振り向いたが、それは残酷なしかめ面だった。

「薬草だの、傷口だの、一体どうした?」と、彼は叫んだ。

「だから、治すための薬草……」と、ぼくは言った。そこにはもう、さっきの優しい顔つきは、消えてしまっていた。ただ、束の間だったのだ。いや、今また、ひきつった笑い顔が戻ってきたが、それはいかにも作り笑いだった。

「ああ、えらかったな……この木の幹の洞の中に入れてくれ。あとで、取りに来るから」

と言った。

ぼくは言われた通りに、手を洞のなかに入れた。それは、スズメバチの巣だった。ハチたちがいっせいに襲いかかってきた。ぼくは、ハチの群れに追われて走って逃げ、渓流の水のなかに飛び込んだ。もぐって泳いで、何とかスズメバチたちをかわすことができた。頭を上げると、遠ざかっていく子爵のくぐもった笑い声が聞こえてきた。

こうしてまた、彼はぼくらを騙すことに成功したのだ。でも、ぼくには腑に落ちないことがたくさんあったので、トレローニ医師のところに話にいくことにした。イギリス人医師は墓掘り人夫用の小屋で、小さなカンテラの光を照らして、めずらしく人間の解剖図の本を読みふけっていた。

「先生」と、ぼくはたずねた。「だれか今まで、赤いクモに咬まれてなんともなかったひとはいますか?」

「赤グモ、と言ったのか?」と、先生は飛び上がった。「だれかまた赤グモに咬まれたのか?」

「ぼくの子爵の叔父さんだよ」と、ぼくは言った。「それでぼくは叔父さんのところにばあやの薬草を持って行ったんだけど、一旦良いひとになっていたように見えてたのが、また悪いひとに戻ったみたいで、ぼくの助けは受けつけなかった」

「それなら、赤グモの傷が手にあった子爵は、私が治療したことになる」そう、トレローニは言った。

「どういうことですか、先生。先生には良いひとに見えましたか？　それとも悪いひとでしたか？」

そこで医師はどんなことが起こったか、ぼくに話してくれた。

腫らした手をして草原に横になっていた子爵をぼくが残して行った後、トレローニ医師がそこを通った。子爵がいるのに気付き、例によって恐怖のあまり、木の間に隠れようとする。しかしメダルドは彼の足音を聞いて、身を起こし、叫ぶ。「だれだ、そこにいるのは？」イギリス人は考える。「もし私が隠れていると知ったら、どんな仕打ちを考え出すだろう」そして、見つからないように逃げようとする。ところが、けつまずいて、渓流の淵に落ちてしまう。人生をずっと船の上で過ごしてきたにもかかわらず、トレローニ医師は泳げないので、その淵の真ん中でバタバタもがいて、助けをもとめて叫んだ。すると、子爵が言う。「私が今行くぞ」そして、岸に向かっていき、痛む手で出っぱった木の根っこにつかまってぶらさがりながら、水の中に降りて行き、自分の足を差し出して医師にしがみつかせた。長くて細い足で、まるで岸につくまで引っ張ってくれるロープのようだった。

ようやく二人とも安全な場所に戻ったところで、医師は口ごもりながら言う。「ああ、ああ、領主殿、ありがとうございます、ほんとうに、領主殿……どうしたら……」そして、子爵の顔にむかってくしゃみをする。かぜをひいてしまったのだ。

「お大事に、先生」と、メダルドが言う。「どうか、これをお召しください、どうぞ」そう言って、相手の肩に自分のマントを着せようとする。

医者はかつてないほど困惑して、身をこわばらせる。すると、子爵が言う。「さあ、これをどうか使ってください」

そこで、トレローニはメダルドの手が腫れているのに気が付いたのだ。

「これはどんな動物に刺されましたか？」

「赤いクモです」

「私に手当てさせてください、領主殿」

そこで、医師は子爵を自分の墓掘り人夫の小屋に連れて行き、その手に薬をつけ、包帯をまいてやる。その間、子爵は話をしたが、人間らしさと礼儀正しさにあふれている。また近々会って、友情を深めようと約束して、彼らは別れる。

「先生！」と、彼の話を聞いてから、ぼくが言った。「先生が治した子爵は、残虐な思いにまたとりつかれて、ぼくをスズメバチの群れにおっかけさせてから、すぐに戻ってきたんですね」

「いいや、それは私が治療した方ではないな」そう医師は言って、片眼をつぶってみせた。

「先生、それはどういう意味ですか？」

「お前にもこれからわかる。今はまだだれにも言っちゃいけない。さあこれで終わりにして研究にもどらせてくれ、これからしばらくなかなかそれができない時がくるから」

そう言って、トレローニ医師はもうぼくのことに構わなかった。そして再び、あの人体解剖学の書物を読むのに没頭した。彼の頭には何か計画があるらしく、何日もの間何も言わず、ただ読みふけった。

そうこうするうち、メダルドが二重の性格になったという知らせが方々から届き始めた。

森で子どもたちが迷子になると、松葉杖をついた半身の男がやって来てとても怖かったのだが、その男が彼らの手をひいて家まで送ってくれ、イチジクや揚げ菓子までくれたという。またはは、夫を亡くした気の毒な女たちは、柴の束を運ぶのを手伝いに来たという。それ以外にも、いろいろな噂があった。マムシにかまれた犬をだれかが治療した、とか、貧乏な人々の窓辺や家の戸口にだれからともわからぬ贈り物が置いてあった、とか、風で根こそぎ倒れた果樹の木々が地主たちがまだ家の戸口から顔を出さないうちにまっすぐに植え直されて、根っこが抜けた穴にもういちど土がかけられていた、とか。

同じ頃、黒いマント半分をまとった子爵が現れて、不吉な出来事も起こっていた。子どもたちがさらわれて、岩で出口をふさがれた洞窟の中に閉じ込められているのが見つかったり、老婆たちに木の幹や岩を含む雪崩が上から襲いかかってきたり、やっと熟れてきたカボチャがただ悪意のために切り刻まれていたり。

子爵の石弓は大分前からツバメばかりを狙った。それも、殺すのではなく、ただ怪我をさせ、足を片っ方だけにするためなのだ。ところが、今では空を見れば包帯をしたり、あて木をされた足や、手当されたり絆創膏をはってある翼のツバメが飛んでいた。こんな風に防具をつけたツバメばかりの群れまであって、みんないっしょに用心深い様子で飛んでいた。まるで鳥病院の治りかけの患者のようだったが、メダルド自身がそこのお医者だとあやしげなことを言う者もいた。

あるとき人里離れた荒れ地で、自分のヤギとカモといっしょのパメーラが嵐にあった。小さいが、岩肌がちょっとくぼんでできたほら穴が近くにあるのを知っていたので、そこに向かった。すると、そこから履き古して修繕だらけのブーツがはみ出ているのが見え、中には黒いマントに身を包んだ半身の体がうずくまっていた。すぐに逃げ出そうとしたが、子爵は彼女にすでに気がつき、ざあざあ降りの雨の下に出てきて言った。

「娘よ、ここで雨宿りをしていきなさい、さあ、お入り」

「いいえ、あたしには雨宿りにならないでしょう」と、パメーラが言った。「二人が何とか入れるかどうか、二人で入ったらぎゅうぎゅうづめですから」

「心配しないでいい」と、子爵は言った。「私は外に出て、お前が中でからだを伸ばして雨宿りすればよいから。お前のヤギとカモといっしょに」

「ヤギもカモも水はへっちゃらです」

「二匹とも入れるからだいじょうぶだ」

パメーラはすでに子爵の善意に満ち溢れた不思議な行いについて聞いていたので、「ちょっと様子を見てみよう」と自分に言って、ほら穴の中でうずくまり、二匹の自分の動物たちの間で身を縮めた。子爵はその前で、カモもヤギも濡れないように、まるで天幕みたいにマントを広げて立っていた。パメーラはマントを広げて持っている彼の手を眺め、一瞬茫然としたが、それからすぐに自分の両手をながめ、見比べ、大きな声で笑いだした。

「娘よ、私はお前がたのしそうで嬉しい」と、子爵が言った。「しかし、どうして笑うのだ？　きいてもよいことなら教えておくれ」

「笑うのは、なにがこのあたりの人々みんなの頭を悩ませてるのかが、わかったからです」

「というのは？」

「あなた方は、ちょっと良いひとで、ちょっと悪いひとなのですね。これですっかり自然にもどったわ」

「それはどういうわけで？」

「だって、あなたがもう一方の片われだったって、あたし、今気がついたんですもの。城に住んでいる子爵、意地悪な方の子爵が一方の片われ。そして、あなたがもう一方の片われで、みんな戦争の最中（さなか）、どこかで死んでしまったと思っていたけど、実際にこうして帰ってこられたのね。そのあなたが、良い方の片われなのね」

「ほめてくれて、どうもありがとう」

「ああ、それはその通りなんだから、あなたにお世辞を言おうとしてるんじゃありません」

そういうわけで、パメーラがその晩知ったメダルドの物語は次のようなものだった。大砲の弾で彼の体が粉々になったというのは本当ではなかった。彼は、まっぷたつに引き裂かれたのだ。片方は軍隊の負傷者収集係りの者たちに発見され、もう片方はキリスト教徒やトルコ人の遺骸の積み重なった山に埋もれて、人の目にふれもしなかった。真夜中になり、戦場に二人の隠遁者が通りかかった。彼らが正しき教えの信奉者だったか、魔術師だったかは不明だが、とにかく、戦時にはそういうことが起きるもので、彼らは二つの戦陣の間に広がる荒地で生活せざるをえなくなったために、おそらく人々が言う通り、キリスト教の三位一体も、マホメットのアッラーの神も信奉しようとした。彼らの不可思議な慈悲心から、メダルドの半分に引き裂かれた身体を見つけると、自分たちのあばら家に運び、そこで自分たちの配合した香油やら軟膏やらを塗り、治療し、救った。回復するとすぐ、このけが人は恩人たちに暇乞(いとまご)いし、松葉杖をつきながら、何ヶ月も、何年もかけて、自分の城に戻ろうとキリスト教国をいくつも通ってきたが、その途上、人々をその良い行いで驚かせつづけた。

自分の冒険談をパメーラに語り終えると、良い方の半分の子爵は牧場の娘に彼女の話を聞きたいと言った。そこでパメーラは、悪い方のメダルドがいかに彼女をつけ狙ったか、彼女がどうやって家を出て、どうして森の中をさまよっているかを語った。

パメーラの話に「良いメダルド」は心を動かし、自分の同情心を、牧場の娘の追い回されてもくじけない強さと、「悪いメダルド」の慰められることなき悲しみと、パメーラの両親の寂しさとに振り分けた。

「だいたい、あのひとたちときたら！」と、パメーラが言った。「あたしの両親は、二人とも油断のならない年寄りです。まったく、あなたが同情してくださるにはおよびません」

「ああ、パメーラ、二人の身になって考えてごらん。今ごろ、古い自分らの家で、だれにも心配されず、だれにも畑仕事や家畜小屋の世話をしてもらえずに、どんなに寂しいことだろう」

「家畜小屋なんて、あのひとたちの頭の上に倒れちまえばいいんですよ！」とパメーラが言った。「あなたがちょっと、甘すぎるってことがわかってきたし、非道なことばっかり仕組むあなたの片われに対してだって、怒るどころか、哀れに思っているみたいですものね」

「どうして哀れに思わないでいられるだろうか？　私は半身の人間であるとは何を意味するかを知っているし、彼に同情しないわけにはいかないよ」

「でも、あなたは彼とはちがう。あなたもちょっと変だけど、良いひとだから」

そこで「良いメダルド」が言った。「ああ、パメーラよ。それがまっぷたつに引き裂かれている存在の良い部分なのだ。世にあるすべてのひと、すべての物のそれぞれが、それぞれの不完全さゆえに、どんな苦悩を背負っているかを理解できるから。私はかつて完全だったが、理解してはいなかった。ここかしこにあふれている痛みや傷の間で、完全な者としてそれは大したことはないと見なして耳を傾けることも声をかけることもせずに生きていた。私だけではない、パメーラよ、分断され、引き裂かれてしまっているのは。お前も、そしてすべての者が、そうなのだ。だから、今私は、以前、完全だったときには知るよしもなかった友愛の心をもっている。それは世界のあらゆる傷や、欠けているものに対しての愛なのだ。もしお前が私とともに来てくれるなら、パメーラよ、お前にもわかるだろう。どうやってみなの痛みを引きうけることができるか、そして、ほかの者たちの痛みを癒すことが自らのそれを癒すことだと」

「それはほんとうに素晴らしいことね」と、パメーラは言った。「ただし、あたしは今、大変な目にあっているんだし、もう片っぽのあなたは、あたしに恋していて、あたしに何をするかわからない」

ぼくの叔父はマントを手離し、落とした。嵐が止んだのだ。

「私もお前に恋しているよ、パメーラ」

パメーラはほら穴から飛び出した。「なんて嬉しいことでしょう！　空には虹が出ていて、またもう一人あたしに恋するひとがいる。こっちもまっぷたつに引き裂かれてはいるけれど、優しい魂の持ち主だわ」

二人はまだしずくを垂らしている枝々の下、ぬかるんだ泥の小道を歩いて行った。子爵の半分の口は、優しい、不完全な微笑みの弧を描いていた。

「それでは、これからどうしましょうか？」と、パメーラがたずねた。

「お前の両親のところに行くのがいいのではないか。かわいそうに、仕事の手助けをしてあげよう」

「そうしたいなら、あなたがどうぞ、そうなさいな」パメーラが言った。

「では、私はそうしよう、愛するひとよ」と、子爵がこたえた。

「じゃあ、あたしはここに残ります」パメーラはそう言って、カモとヤギといっしょに立ち止まった。

「ふたりで良い行いをするのが、私たちが愛し合うための唯一の方法だよ」

「あら、残念。あたしはほかにもいろんな方法があると思っていたわ」

「さようなら、愛するひとよ。じゃあ、お前には今度、リンゴのケーキを持ってきてあげよう」そう言って、子爵は松葉杖をつきながら、小道を遠ざかっていった。

「お前はどう思う、ヤギさん？　お前もどう思う、おちびのカモさん？」パメーラは一人で、自分の動物たちにそう問いかけた。「どうして、こっちもあっちも両方とも、よりによってあたしのところにやってくるのかしらねえ」

8

子爵のもう一方の片われが戻ってきて、最初の片われが邪悪なのと同じ分だけ善良であることがみんなに知れわたってから、テッラルバの暮らしは大いに変わった。

ぼくは午前中はトレローニ医師につきあって、病人たちの診察にいっしょにまわるようになった。というのも、トレローニ医師は徐々にまた診療をするようになり、ぼくたちの土地の人々が、過去の長い間つづいた飢饉で身体が虚弱にされ、どれだけの病気を患っているかに気づいたからだ。そんな病気には、それまでいっさい注意を向けていなかったのに。

ぼくらは畑道を歩いては、叔父が先に通った跡を見つけた。ここで言うのは良い方の叔父だ。毎朝、病人たちのところを訪ねて見舞うだけでなく、貧しい者たち、年老いた者たちなど、助けが必要な人のだれをかれをも、訪ねたのだ。

バッチッチャの果物畑では、ザクロの一個一個の熟れた実が布ですっぽり包(くる)まれ、結び目がつくられ留められていた。ぼくらは、バッチッチャが歯が痛いということだなと思った。ぼくの叔父がザクロを包んで、果樹園の主が歯痛で、家から出て収穫することができない間、実が開いて中の粒々が落ちないようにしたのだ。そして、それはトレローニ医師に、やっとこを持って、病人のところに治療に行くようにという指示でもあった。

司祭のチェッコは露台にヒマワリを植えたが、なかなか花が咲かなかった。その朝のこと、ぼくらは露台の手すりに三羽の鶏がくくられて、餌を猛烈な勢いで食べてはヒマワリの鉢の中に白い糞をしているのを見た。ぼくらは司祭が下痢にちがいないとわかった。ぼくの叔父が鶏の糞をヒマワリの肥料にしてやるためにつないだのだが、それは緊急に対応せよとのトレローニ医師への知らせでもあった。

ジロミーナばあさんの階段には、家の扉にむかってのぼっていくカタツムリのすじが続いていた。茹でて食べる大きいエスカルゴの類だ。それはぼくの叔父が森からジロミーナのためにとってきてやったものなのだが、同時にあわれなばあさんの心臓の病が悪化しているので、医者は静かに入ってびっくりさせるなという信号なのだ。

そういう通信の信号はみな、医者の治療を受けるように急に言って病人をびっくりさせないようにと、「良いメダルド」が使ったものだが、同時にトレローニ医師があらかじめどんな病状なのかすぐに把握でき、他人の家に足を踏み入れて、何の病かしれない病人に近づくのを躊躇させないためでもあった。

突然谷に急の知らせが走った。「『ならず者』だ！　『ならず者』が来るぞ！」

ぼくの叔父のならず者の方の片われが近辺を馬で行くところが目撃されたのだ。そこでだれもがどこかへ隠れようと走り出したが、だれよりも一番に先頭を切って逃げたのはぼくを後ろに従えたトレローニ医師だった。

ぼくらがジロミーナの家の前を通ると、階段にカタツムリのすじがついていたが、それは粘液と割れた殻のかけらになっていた。

「もう、ここまで来ている。急げ！」

チェッコ司祭のテラスでは雌鶏たちがトマトを天日干しにする棚にくくられ、あたりをすっかり糞だらけにしていた。

「急げ！」

バッチッチャの畑のザクロはすっかり地面に落ち、枝からは空っぽの布の包みの留めだけがぶら下がっていた。

「急げ！」

こうして慈愛と恐怖の狭間でぼくらの暮らしは過ぎて行った。「良いひと」（もう一方の片われの「ならず者」に対して、ぼくの叔父の左半分はそう呼ばれていた）はもはや、聖人の域に達していると思われていた。手足が不自由な者や、貧乏な人々、裏切られた女房たちなど、苦悩を抱える者はみな、彼のところに集まった。その人望を生かして、彼が子爵になってもよかっただろう。しかし、彼は流浪の人でありつづけ、すり切れた黒いマントに半身を包んでさまよい、松葉杖によりかかりながら、白と水色の縞模様の修繕だらけの靴下をはいて、彼を追い払おうとする者にも、彼に頼ってくる者にも、ひとしくよい施しをしてやるのだった。今では、もう谷間で脚を折る羊にも、旅籠で刃物を振り回す酒飲みにも、愛人のもとに夜道をいそぐ不義の妻にも、必ず空から降りてきたかのように彼が黒い装束で笑みをたたえてやってきて、助けてくれたり、よき助言を与えてくれたり、暴力や罪を犯さぬよう止めてくれるのだった。

パメーラは相変わらず森で暮らしていた。二本の松の木の間にブランコをつくって、それから頑丈そうなのをもう一つヤギのために、軽めのものを一つカモのために作ってやり、自分の動物たちといっしょに何時間も揺られて過ごした。ただし、いつもある時間になれば、松の間を足をひきずりながら、肩に荷物を背負って「良いひと」がやって来た。その包みは物乞いたち、みなしごたち、家族のいない病人たちから彼が集めた洗い物や繕い物だった。それをパメーラに洗わせて、彼女にも良き行いをさせようというのだ。パメーラはずっと森にいるのに飽きてしまっていたので、小川に行って洗濯して、それを彼は手伝った。それから、彼女がすべてをブランコのひもに干し、「良いひと」は岩の上に座って『解放されたイエルサレム』を読むのだった。

パメーラには読書はどうでもよかったので、うつぶせに野原に寝っ転がって、ノミ取りをしながら（森の中で暮らしていて、だいぶムシがついてしまったのだ）、トゲトゲ草と言われる尖った葉っぱでからだを掻いたり、あくびをしたり、裸足の足で石ころを飛ばしたり、バラ色でちょうどよい肉づきの自分の足をながめたりしていた。「良いひと」の方は、本から目をあげることなく、八行詩を次々と朗読しては、田園育ちの娘に高貴な振る舞いを教えているつもりだった。

ただし彼女の方は、物語の筋を追うこともなく退屈して、そーっとヤギをさしむけ、「良いひと」の顔の真ん中をペロリとなめさせたり、カモを本の上にぴょんとのっからせたりした。「良いひと」がはっととびのいて、本を持ち上げてぱたっと閉じた。ちょうどその瞬間、馬に乗った「ならず者」が、「良いひと」に向かって大鎌を振りおろしながら、木の間から突進してきた。大鎌の刃は本に当たって、ざっくり縦まっぷたつに断ち切り、背表紙の方は「良いひと」の手中に残り、小口の方は、半分に切られたページがばらばらになりパーッと宙に舞った。「ならず者」は馬と駆け去った。彼が「良いひと」の半分の頭を鎌で切り落とそうとしたのはまちがいなかったが、たまたま二匹の動物がちょうどいい具合にじゃまをしたのだ。タッソーの余白と半分に断たれた詩行のページは風にのり、松の枝の上や、草原の上や、小川の水の上へと、ひらひら飛んでいった。高台の崖の上からパメーラは白いものが飛んでいくのを見て、言った。「何てきれいなの!」

その半分のページは、ぼくとトレローニ医師が歩いていた山道まで飛んできた。医師は空中でそれをつかまえ、裏返し、また裏返し、頭かおしりの欠けた詩を解読しようとして、頭を振った。「さっぱりわからぬ……フーン、フーン……」

「良いひと」の噂はユグノー教徒たちのところにも届き、老エゼキエーレがしばしば黄色い段々のぶどう畑の一番上の棚までのぼって、谷からあがってくる砂利敷きのラバ道を眺めるのを人々は見た。

「お父さん」と、息子の一人が話しかけた。「まるでだれかの到来をお待ちのように見えます」

「あるひとの到来を待っているのだ」と、エゼキエーレが言った。「正義のひとが来るのを、信じて待つ。不義なる者が来るのを、恐れながら待つ」

「お父さん、お待ちなのは、『もう片方の一本足』でしょうか?」

「お前も噂を耳にしているか?」

「谷は、その『もう片方の片手男』の話で持ちきりですから。ここ、我らの村までのぼってくると、あなたはお考えですか?」

「もし我らの土地が義に生きる者たちのものであるならば。そして、彼は義に生きる者なのだから、彼が来ない理由はない」

「ラバ道は急な坂でしょう、松葉杖にたよる者にとっては」

「かつてすでに『一本足』が来たではないか。登ってくる馬を手配して」

エゼキエーレが話すのを聞いて、ほかのユグノーたちが木々の間から顔を出し、周りに集まってきていた。子爵のことがほのめかされるのを聞き、彼らは黙ったまま震えおののいた。

「我らの父、エゼキエーレよ」と、彼らは呼びかけた。「『痩せぎす』が来たあの夜、稲妻が樫の木をまっぷたつに引き裂き焼いたとき、あなたはおっしゃいました。いつか、我らをより良き旅人が訪れるであろう、と」

エゼキエーレはあごひげを胸までつけながら深くうなずいた。

「父よ、そのときに語られた者とは、体においても心においても、もう一人と同じでありまた逆さまである『足をひきずる男』のことだったのでしょうか？ その憐れみの深さはもう一人の惨たらしさと同じほどです。そのひとこそ、あなたの言葉によって予告された訪問者なのですか？」

「だれでも旅路にあるさすらい人なら、その者であるかもしれない」と、エゼキエーレは言った。「ならば、彼とても」

「それならば、我らはみな、そうであらんことを願いましょう」ユグノーたちが口を合わせた。

エゼキエーレの妻が、まっすぐ前方を見つめ、ブドウのつるを運ぶ手押し車を押しながら、ふみ出した。「私たちはいつも、すべての良きことの訪れを望んでいます」と、彼女は言った。「そして、もしこの我らの丘で足をひきずる者が、ただ戦で傷ついた気の毒な者であっても、魂の良き者であろうと悪しき者であろうと、我らはただ毎日、義に従った行いをし、我らの畑を耕すことを続けねばなりません」

「もちろんその通りだ」と、ユグノーたちは答えた。「我らは何か、それに反することを言っただろうか？」

「よろしい、私たちみなの心が一つであるならば」と、彼女が言った。「さあ、みな鋤と鍬の仕事に戻りましょう」

「ペストが来るぞ、飢饉になるぞ！」エゼキエーレが怒鳴った。「だれがお前たちに耕すのをやめるように言ったのだ？」

ユグノーたちは木の間に散り、畝沿いに放ってきた農具を取りに散って行った。しかし、自分の父親が気づかないと見て、イチジクの木の上にのぼって早生の実を食べていたエサウが、そのとき、叫んだ。「下から誰か来るよ！　ラバに乗ってるのは、だれだ？」

実際、一頭のラバが登ってきたが、鞍には半身の男が身を結び付けていた。それは「良いひと」で、老いぼれてヨレヨレのその動物を、屠られたところでもう何の役にも立たないくらいやせ衰えていて、人々が川に沈めて殺そうとしているところを買ったのだ。

「だいたい私はひとの半分の重さなんだから」と、彼は考えた。「この年寄りのラバでも、私ならまだ乗せられるだろう。私も自分の乗り物があれば、もっと遠くまで出かけて良い行いができるようになろう」そう言って、初めての旅として、彼はユグノーたちに会いに来たのだった。

ユグノーたちは列になり直立不動で、聖歌を歌いながら彼を迎えた。それから、長老が彼に近づき、兄弟として呼びかけた。「良いひと」はラバの背から降り、その歓迎にうやうやしくこたえて、重々しく峻厳な面持ちで立っているエゼキエーレの妻の手をとって口づけした。皆元気かとたずね、エサウのイガグリ頭に手を伸ばして撫でてやろうとしたが、エサウは後ろに体を退いた。それぞれの者に何か困っていないかとたずね、彼らがいかに迫害されてきたかの物語を話させ、感動したり憤慨したりした。もちろん、彼らは宗教上の対立にはこだわらず、人間の邪悪さゆえの一連の不幸であるかのように話した。メダルドは、自分も属するカトリック教会が迫害を行った事実にはあまりふれなかったが、ユグノーたちとしても神学的にまちがったことを言ってしまわないか心配でもあり、信仰の宣言をあえてするわけでもなかった。こうして、彼らはあらゆる暴力とあらゆる過激さを非難しながら、漠然と隣人愛について語り合うばかりだった。皆そろって同意しながら、全体の雰囲気はちょっと冷たいものだった。

それから「良いひと」は畑を訪れ、収穫が貧しいのを嘆いたり、今年はことにライ麦が豊作だったのを喜んだりした。

「いくらで売るのですか?」と、彼はたずねた。

「一リブラを三スクードで」と、エゼキエーレが答えた。

「一リブラを三スクードで? それじゃあ、テッラルバの貧乏人たちは飢えて死んでしまう。友よ、彼らは一握りのライ麦も買えない。あなた方は多分知らないのだろう。雹雨が降って、谷の村で、ライ麦の収穫がだめになったのを。そして、飢えから多くの家族を救うのは、あなた方にかかっているというのを」

「知っています」と、エゼキエーレが言った。「だからこそ、我々がいい値で売れるんですから」

「それなら、考えてください、あのあわれな貧しい者たちへの施しについて……もし、あなた方がライ麦の値段を下げたら、考えてください、どんなによい施しとなるかを……」

老エゼキエーレが「良いひと」の前に立って、両腕を胸の前で交わし、ユグノーたちみながそれをまねた。

「施しをすることとは、兄弟よ」と、彼は言った。「我らが、値段で損をすることではありませぬ」

「良いひと」は畑を見て回り、痩せこけたユグノーの老人たちが日の照りつける中、鍬で耕す姿を見た。

「顔色が悪いですね」と、大変長いひげにまで土を飛ばしながら、鋤で地面を耕している老人に声をかけた。「あなたは気分が悪いのではないですか?」

「そりゃあ、だいたい、七十歳で十時間、腹にはカブのスープ一杯だけで、鋤もって耕しつづけてりゃ、気分がいいわけあるまいよ」

「わしの従兄のアダモです」と、エゼキエーレが言った。「とびきりの働き者です」

「だが、あなたは休息して、栄養を取らなければいけないでしょう。年をとっているんだから!」と、「良いひと」が言いかけたが、エゼキエーレが乱暴に彼をその場からひっぱっていった。

「ここで我らがパンを得るのは大変なことなのだ、兄弟よ」そう、反論を許さない口調で彼は言った。

先ほど、「良いひと」はラバから降り立ったときには、自分でラバをつなぎ、燕麦を一袋もらって、登りの消耗から元気をとり戻させようとした。エゼキエーレと妻が目を見合わせたのは、こんなときのラバには、ひと握りの野生のチコリの菜っ葉で十分だと思ったからだ。ただし、そのときは客人への温かい歓迎の最中だったので、燕麦をもって来させたのだった。しかし、今考え直してみると、老エゼキエーレはどうしても許せなかった。そのラバの骸骨みたいな奴が、自分たちの貴重な燕麦を食べるなんてことは。そこで、客人には聞こえないようにして、エサウを呼んで、こう言った。

「エサウよ、そっとラバのところに言って、燕麦をとりかえして、何かほかのものをやってこい」

「喘息用の煎じ薬でいい？」

「トウモロコシの芯でも、ヒヨコマメの莢でも、お前のいいと思うものをやってこい」

エサウは行って、ラバから袋をとりあげたが、しばらく足をひきずるくらいひどくけとばされた。腹いせに、燕麦は自分であとで売ってやろうと隠しておいて、ラバがすっかり平らげていたよと言っておいた。

日は沈もうとしていた。「良いひと」はユグノーたちと畑の真ん中に立っていたが、皆、ほかに言うこともなかった。

「我らはまだあとたっぷり一時間働かなければなりません、客人よ」エゼキエーレの妻が言った。

「それならば、私はもう邪魔をしないことにしよう」

「あなたに幸運がありますように、客人よ」

そうして、良きメダルドは自分のラバの背にのって帰って行った。

「戦の傷を負って、なんてお気の毒な！」と、彼が去って行ってから彼女はつぶやいた。

「この土地に、どれだけたくさんいることか！　ああ、気の毒なひとたち！」

「気の毒なひとたちだ、ほんとうに」と、一家の者たちが皆口をそろえた。

「ペストが来るぞ、飢饉になるぞ！」老エゼキエーレが大声をあげ、畑をまわって歩き、耕し方が悪いところや、日照りの害のあるところで握りこぶしを振り上げた。「ペストが来るぞ、飢饉になるぞ！」

9

ぼくはしばしば、朝はピエトロキオードの工房に出かけて、天才的な親方の組み立てる機械をながめて過ごした。木工職人の親方のところに、「良いひと」が夜になるとやって来ては、彼の発明が邪な目的に使われているのを非難し、人々を虐げるためにでなく、善意によって動かされる仕掛けを作るようにと励ますようになって、大工の親方の苦悩と後悔は増すばかりだった。

「では、私はどんな機械を作ればいいとおっしゃるんで、メダルドさま？」ピエトロキオード親方がたずねる。

「これから説明してあげよう。たとえば、お前にできるのは……」と、「良いひと」は自分がもし片われの代わりに子爵だったら注文するはずの機械がどんなものかをこと細かに語り出し、あいまいな図面をかきながら説明するのだった。

ピエトロキオードにはまずこの機械はオルガン、鍵盤がいとも甘美な音楽を奏でる巨大なオルガンのように思えた。そこで、早速、パイプにするのに適した木材を探しはじめたのだが、次に「良いひと」と話したところで考えが混乱してしまった。何せ、パイプに通すのは空気でなくて、小麦粉だというのだから。つまり、それはオルガンだが、粉ひき機でもあって、貧しい者たちのために粉をひき、できれば、フォカッチャが焼ける窯にもなればいいというのだ。「良いひと」は毎日毎日、自分の考えを練っては、何枚も何枚も図面を引くのだが、ピエトロキオードにはついていけなかった。この「粉ひき窯オルガン」は井戸から水を引いて、ロバたちの苦労を節約してやらなければいけないし、車輪をつけて、いくつもの村の用に立てないといけないし、さらに祭りの日には空中にぶら下げてぐるっと網を張って蝶を取る、というのだから。

大工の親方に疑いが首をもたげた。そもそも良い機械を作るというのは人間の能力をこえていて、実際に実用的で精確に機能する機械とは、絞首台と拷問具だけなのかもしれない、と。実に、「ならず者」がピエトロキオードに新しい仕掛けのアイディアを明かすたび、親方にはすぐにどうやればできあがるかが思いつき、作業に取りかかったものだ。あらゆる細部が替えがたい完璧なものとして浮かんできて、できあがる道具は技術と創意の傑作だった。

親方は苦悩した。「残酷な機械しか作れないような邪さが、わしの魂の中にあるんだろうか？」しかしその間にも、熱心に技を凝らして、いくつもの新しい拷問具を作り出した。

ある日、ぼくは彼が不思議な処刑台のまわりで働いているのを見た。それは白い首つり台が黒い板を縁どり、やはり白いひもが板に開けられた二つの穴に通されて、ちょうど首をしめるなわになっていた。

「親方、この機械は何なの？」と、ぼくはきいた。

「それは、横向きにひとをつるす首つり台だよ」

「だれのために作ったの？」

「刑を下して、刑を下される、ただ一人のひとのためのものだ。一方の首が自分自身に死刑判決をくだし、もう一方の頭が首つりなわの輪に入って、息をひきとるのだ。わしは二人が一人になってしまえばいいと思うんだが」

ぼくには、「ならず者」が良い方の自分の片われの人気が高まるのを耳にして、片われをなるべく早く片付けようとしているのだな、と理解した。

実際、彼は警吏たちを呼んで、命じた。

「不審な旅の者がだいぶ前から、そこここでよからぬ揉め事を起こしては、我らの領地を荒らし回っている。明日までに、その策略家をとらえて、死にいたらしめよ」

「たしかに仰せの通りに、殿」と、警吏たちは言って出て行った。片側の目しかなかったから、「ならず者」は気がつかなかったが、彼らは返答しながら、お互いにそっと目配せをした。

その頃、宮廷で陰謀を企む者たちがおり、警吏たちも加わっていたのだった。それは、今の子爵である片われをとらえて抹殺し、城と爵位をもう一方の片われに渡そうというものだった。そっちの片われは、そんなことはつゆとも知らなかった。そして、夜になり、暮らしていた干し草置き場で警吏たちにとり囲まれて目をさました。

「心配ご無用です」と、警吏の長が言った。「子爵があなたを打ち殺すよう我らを遣わしましたが、我らは彼の残酷な独裁にはうんざりでありますから、彼の方をこそ打ち殺して、代わりにあなたに我らの子爵になってもらおうと決めたわけであります」

「一体全体、何を言うのか？　もうすでにやってしまったのか？　つまり、子爵を、もうお前たちは打ち殺してしまったのか？」

「いいえ、でも、とにかく、朝のうちにはやることになりましょう」

「ああ、天よ、感謝いたします！　いや、お前たちは自分たちの手をこれ以上血で汚してはならぬ、ああ、もう今までで十分、血は流されたではないか！　罪から生まれる領国に、どんな幸いの訪れがあろうか？」

「じゃあ、そうしましょう。奴を塔に閉じ込めれば、我々も安心ですから」

「彼に手をかけてはなりません。そして、だれのことも殺めてはならない、私からお前たちに頼もう！　子爵の横暴は、私もつらい。けれども、彼を立ち直らせるには、よき模範を示すことしかないのだ。高貴で、立派な振る舞いによって」

「それなら、我々はあなたを打ち殺さなけりゃなりませんな」

「そりゃあ、だめだ！　だれも殺めてはいけないと言ったではないか」

「どうしますか？　子爵を殺らないなら、我々は彼の命令に従うしかないわけで」

「この小瓶を持って行きなさい。わずかだが、香油の最後の数滴が入っている。ボヘミアの隠遁者たちが私を治してくれたもので、季節の変わり目に、並外れて大きな私の傷口が痛むとき、今までずっと貴重なものだった。これを子爵のところに届けて、ただこう伝えてくれ。体中の血が流れ出しかねないとはどんなことか、知っている者からの贈り物だ、と」

警吏たちは子爵のところに小瓶を持って行き、子爵は彼らを絞首台送りにした。警吏たちを救おうと、ほかの者たちは蜂起することにした。首尾悪く、企みは露見し、血をもって弾圧された。「良いひと」は花を墓に捧げ、未亡人や親を亡くした子どもたちを慰めた。

「良いひと」の善良さに全然心を動かされなかったのはセバスティアーナばあやだった。熱心に施しをしに回りながら、しばしば「良いひと」は乳母の小屋に親切にかいがいしく見舞いに行った。そして、彼女の方はその度、彼に説教しはじめるのだった。多分それは、母のような分けへだてなき愛情からだったし、おそらくは老齢が彼女の頭をぼんやりさせはじめていたのだが、とにかく乳母にはメダルドがまっぷたつに分かれているのは大した問題ではなかった。片っ方にもう一方の間違いをとがめ、片っ方にもう一方の片われにしか従えない助言をするという調子だった。

「どうして、ビギン婆さんの雄鶏の頭をあなたは切り落としたの？　ビギンは気の毒に、それ一羽しかいなかったんだよ。もう大きいんだから、そういうことはもういい加減にしないと……」

「乳母よ、どうしてそんなことを私に言うのだ？　私じゃなかったことは、わかっているだろう」

「ああ、こりゃなんていう言い草だろう！　じゃあ、だれだったのか、聞いてみようじゃないか」

「私だ、つまり……」

「ほら、ごらん！」

「いや、ここにいる方の私ではなくて……」

「ああ、あなたは私が年をとったからって、呆(ぼ)けたとでもお思いか？　何かひどい仕打ちがあると聞くと、私にはすぐにそれがあなたがやったことだとわかる。そして、ひとりで言うんだよ。ああ、これはメダルドの仕業だと……」

「だから、いつもそれは思い違いで……」

「私の思い違いだって……あなた方若い者たちが、私ら年寄りに間違っていると言うけれど、じゃあ、あなた方こそ、どうなのかい？　あなたは自分の松葉杖を、イシドーロじいにあげましたね」

「その通り。それは私がやりました」

「それを自慢するのですか？　気の毒な女房を殴るために使ってるっていうのに……」

「痛風で歩けないと言ったのに……」

「そんなふりをしていたんですよ……それなのに、すぐに松葉杖をあげてしまったものだから……もう女房の背中をたたき過ぎて折れてしまったっていうのに、あなたときたら、杖の形の木の枝を支えに歩きまわっている始末……あなたは考えが足りませんよ！　いつもこうなんだから！　それにあなたが、ベルナルドの牛をグラッパで酔っ払わせたのはいつのことなの？」

「それは私じゃない……」

「いいえ、そんなはずはなくて、あなたでしたよ！　みんなが言ってるじゃないですか、彼だ、子爵だ！　と」

「良いひと」がしばしば「きのこが原」をたずねたのは、乳母と親子のような絆(きずな)で結ばれていた上に、その頃、彼は気の毒ならい病の者たちを助けるのに一生懸命だったからだ。彼は（どうも隠遁者たちの不思議な治療がずっと効くらしく）感染しないので、村の中をそれぞれだれが何を必要かを事細かに聞いてまわり、あらゆる方法で彼らのために尽くすまで放っておかなかった。しばしば彼は自分のラバに乗って、「きのこが原」とトレローニ医師の小屋との間を往復し、助言と薬を与えてくれるよう頼んだ。医師は今もらい病者たちに近づく勇気があるわけではなかったが、「良いメダルド」を仲介者にして、患者たちと関わりはじめたようだった。

しかし、我が叔父の目標はさらに高かった。らい病者たちの体だけではなく、魂をも治療しようとしたのだ。そこで、いつも彼らに交じって教訓を垂れ、彼らのやっていることにいちいち口を出し、憤慨したり、説教したりした。らい病者たちは我慢がならなかった。「きのこが原」の幸福で放縦な時代は終わりを告げたのだ。この痩せぎすで一本足で立っている、黒装束で、堅苦しいおせっかい者のおかげで、もうだれも、広場で糾弾されることなく、意地悪や意趣返しをうけずに、自分の愉しみに耽ることなどできなくなってしまった。音楽まで、無用で好色で、良き感情から作られたものではないなどとあまりに非難されたおかげで、彼らはうんざりし、彼らの不思議な楽器はほこりをかぶってしまった。らい病者の女たちは、もうかつてのようなどんちゃん騒ぎで気を紛らわせることもできなくなり、気がつけば、ただ孤独に病と向き合わされ、夜になれば泣きながら、打ちひしがれた。

「二つの片われのうち、良い方がならず者よりもひどい」と、「きのこが原」の人々は言いはじめた。

ただし、「良いひと」への賞賛が減ってきたのはらい病者たちの間だけではなかった。「大砲の弾が、彼をまっぷたつに割ってよかったよ」と、だれもが言っていた。「もし三つにバラけていたら、我々はもっとひどい目にあったかも知れないからね」

ユグノーたちは今では、彼からも自衛しようと番を立てていた。彼は今では、彼らへの尊敬をすっかり失くし、毎時間のようにやってきては彼らの穀物庫に何袋あるのかたしかめたり、値段が高すぎると説教したり、それをいろいろな場所に言って話しては彼らの商売を台無しにするのだった。

こんな風にテッラルバの日々は過ぎていき、ぼくたちの感情は無味乾燥で鈍感になっていった。同じぐらい非人間的な悪意と徳のはざまに、自分たちが引き裂かれたようだった。

10

まるで一つ穴の蛇どものように、月夜には必ず悪しき魂の内で邪な考えがぐるぐるまわるものだ。そんな晩には、憐れみ深い魂の内では、犠牲と献身の百合が花を咲かせる。そういうわけで、テッラルバの崖地では、二人の片われメダルドが、逆さまの憤怒に駆られて、悩ましくさまようのだった。

それぞれ何かを決心しては、朝になると、それを実現しようと起き出した。

パメーラの母親は水を汲みに行ったのだが、落とし穴にはまって、井戸の底まで落ちてしまった。綱につかまって叫んだ。「助けて！」すると、井戸から見える丸い空を背に、「ならず者」の影が現れ、彼女にこう言った。「ただあなたと話がしたかっただけだ。それで、私の考えはこうだ。つまり、あなたの娘パメーラにしばしば半身の放浪者がついて回っているのが目撃されている以上、あなたは彼をパメーラと結婚させなければならない。もう彼女に噂が立ってしまったのだし、きちんとした男ならそうせねばならないものだから。私はこう考えたわけだが、それ以外の説明は聞かないでくれ」

パメーラの父は、自分のオリーブの樹からとった実を入れた袋を搾油所に運ぶところだったが、その袋には穴があいていて、彼の通った後にはオリーブの実が点々と続いていた。荷が軽い気がして袋を背からおろすと、ほとんど空っぽなのに気がついた。ただし後ろを振り返れば、「良いひと」がついてきて、オリーブを一つ一つ拾っては、自分のマントに集めていた。

「あなたと話そうとついてきましたが、幸いオリーブを無駄にしないですみました。さて、私の心の中を占めているのはこういうことです。つまり、人々の不幸を救うのが私の希望なのですが、その不幸は多分、私の存在のためにますます大きくなっていると大分前から思えるのです。私はテッラルバから消えることにします。私がここを離れることだけが、二人のひとに平和を再びもたらすからです。すなわち、ほんとうなら高貴な定めがふさわしいにもかかわらず、ほら穴で寝泊まりしているあなたの娘さんと、いつまでも今のようにひとりぼっちでいてはならぬはずの、私自身の不幸せな右の片われです。パメーラと子爵は、結婚によって結ばれるべきなのです」

パメーラが一匹のリスを馴らそうとしているところに、松の実を集めにいくふりをして母親がやってきた。

「パメーラ」と、母親は言った。「そろそろ『良いひと』と呼ばれているあのさすらい人はあんたと結婚しないといけないよ」

「いったい、なんでそんなことを考えついたの？」パメーラがこたえた。

「あの人のおかげであんたには噂が立ってしまったから、あんたをめとらなけりゃいけない。親切なひとだから、あんたがそう言えば、いやとは言わないだろうよ」

「どこからそんな話を考え出したの？」

「おだまりよ。あたしにそれを言ったひとがだれだかあんたが知ったら、こんなふうにいろいろきいたりはしないだろうよ。いいかい、『ならず者』本人、つまり、あたしらの高貴な子爵さまご本人が、あたしにそうしろってお言いなんだよ！」

「なんてこと！」パメーラはリスを自分のお腹の上に落っことして、言った。「いったいどんな罠をたくらんでいるやら」

それからすぐ、葉を一枚両手ではさんで草笛を鳴らす練習をしていたら、まきを集めるふりをしている自分の父親にあった。

「パメーラ」と、父親は言った。「そろそろ、『ならず者』子爵にお前がはいと言うときが来たよ、教会で結婚するならだが」

「それって、お父さん、あなたの考えなの？　それともだれかがあなたにそう言ったのかしら？」

「お前は子爵夫人になりたくないか？」

「あたしの質問にこたえてちょうだい」

「よし、それを言うのはこの世で一番、善良な魂だ。つまり『良いひと』と呼ばれているあのさまよい人だ」

「ああ、ほかに考えることがあの人にはないのね。見てらっしゃい、あたしがこれからどう手をうつか！」


　痩せ馬の背に乗ってイバラの草原を進みながら、「ならず者」は自分の作戦について考えをめぐらせていた。パメーラが「良いひと」と結婚すれば、法律的にはメダルド・ディ・テッラルバの妻になる、つまり、自分の妻になるはずだ。この権利を盾に、「ならず者」は簡単にライバルから彼女を奪うことができるだろう。奴ときたら、すぐにあきらめるだろうし、まったく戦闘的ではないのだから。

ところが、パメーラがやってきて彼にこう言った。「子爵さま、もしあなたがいいなら、私は決めました。結婚しましょう」

「お前とだれが結婚するのか？」子爵はこたえた。

「あたしとあなたです。そうして、あたしはお城に住んで、子爵夫人になるんです」

これは「ならず者」の予想外だったので、こう考えた。「じゃあ、私の片われと結婚させるという芝居をするのは無駄、ということか。私が結婚して、それでできあがりだ」

そこでこう言った。「私はよいぞ」

それにパメーラがこたえた。「あたしの父と相談してくださいな」


それからしばらくして、パメーラは自分のラバに乗った「良いひと」と出会った。

「メダルド」と、彼女は言った。「あたしにはわかりました、あたしはあなたにすっかり恋しているって。だから、あなたがあたしを幸せにしたいなら、どうぞあたしに結婚を申しこんでくださいな」

哀れなメダルドは、彼女のためを思って諦めようとすでに決心したところだったのに、それを聞いて口をぽかんとあけたままだった。「それでも、もし私と結婚して彼女が幸せになるのなら、もう片われと結婚させることはできない」と考えて、こう言った。「私の大事なひとよ、じゃあ、私は早速これから、式をあげるためのすべてを準備しに行こう」

「あたしの母と相談してくださいね、お願いよ」と、彼女は言った。


パメーラが結婚することが知れわたり、テッラルバ中が上へ下への大騒ぎになった。一方の片われと結婚するという者があれば、もう一方の片われと結婚するのだ、という者もいた。彼女の両親ときたら、まるでわざとみなの考えをはぐらかそうとしているように見えた。たしかに、城は大掃除されて、大宴会のために必要な何もかもが飾りつけられていた。そして、子爵は自分のための黒いビロードの服を仕立てさせ、袖の片方とズボンの足の片方には、大きなギャザーを入れさせた。一方、さまよい人の方も哀れなラバに馬ぐしをかけさせ、自分の服の肘と膝が抜けているのを直させた。そして、何はどうあれ、教会ではすべての燭台が磨かれた。

パメーラは結婚式の入場の時まで森を離れるつもりはないと言った。花嫁道具を揃える買い物はぼくがやった。ヴェールと長い長いすそ付きの白い衣装が仕立てられ、ラヴェンダーの花の穂で冠とベルトが作られた。ヴェールが何メートルか余ったので、雌ヤギ用の花嫁衣装とカモ用の花嫁衣装を作った。そして、その格好で彼女は森の中を走り、二匹がその後について走り、ヴェールは木の枝ですっかり引き裂かれて、ドレスの長いすそは山道に落ちて乾いた松葉や栗のイガを集めてしまった。

ただし、結婚式前夜は彼女は物思いにふけり、少し不安げだった。木の生えていない小さな丘の頂に座り、ドレスのすそをぐるぐるっと足に巻き、ラヴェンダーの冠は足の間に挟んで、手の上にあごをのせて、ため息をつきながらまわりの森を眺めていた。

ぼくはドレスのすそもちの係をすることになっていたので、彼女といつも一緒だったが、もうひとり、係をやることになっていたエサウはぜんぜん顔を見せなかった。

「だれと結婚するの、パメーラ？」と、ぼくは彼女に尋ねた。

「わからないわ」と彼女は言った。「ほんとうに何が起きるものか。うまく行くか、それとも失敗か」

森からは時折、あるときは喉の奥から絞り出されるような叫びが、ある時はため息のような声が、聞こえてきていた。それは二人のまっぷたつの求婚者たちだった。前夜の興奮にとらわれて、森の岩の合間や崖地を黒マントに身を包んでさまよっていたが、一方は自分の痩せた馬に乗り、もう一方は毛の薄くなったラバに乗り、二人とも、心悩まされる空想にすっかりとらわれ、怒鳴ったり、嘆いたりするのだった。馬は崖や地崩れを飛び越え、ラバは斜面や丘を登り行き、二人の騎士が鉢合わせすることはなかった。

ついに、夜が明けて、馬は拍車をかけられギャロップで走り、足を取られて谷間に落ちてしまったので、「ならず者」は結婚式に間に合わなかった。ラバの方はゆっくりだが無事に歩いて、「良いひと」は教会に時間ぴったりに到着した。ちょうどそこに新婦が現れ、ぼくと、無理やり歩かされていたエサウが支え持つドレスの裳(も)すそを翻(ひるがえ)していた。

「良いひと」だけが杖で自分を支えながら現れたのを見て、人々はちょっとがっかりした。しかし、結婚式は然るべくとりおこなわれ、新郎新婦は「はい」と答え、指輪が交換され、司祭が言った。「メダルド・ディ・テッラルバとパメーラ・マルコルフィよ、私が汝らを夫婦として結びつける」と、言った。

ちょうどそのとき、身廊の奥から、松葉杖で身を支えながら、子爵が入ってきた。まっさらのビロードの服は、大きなギャザーがぐっしょりと濡れ、引き裂けていた。彼は言った。「メダルド・ディ・テッラルバは私だ。そしてパメーラは私の妻だ」

「良いひと」は彼の前に足をひきずって出た。「いや、パメーラと結婚したメダルドは私だ」

「ならず者」は松葉杖を投げ捨て、手を剣にかけた。「良いひと」も同じことをするしかなかった。

「用意！」

「ならず者」は剣を突き出して攻撃し、「良いひと」は防御の体勢をとろうとしたが、すでに二人とも地面に倒れて転がっていた。

足一本でバランスをとって、対戦するのは無理だと二人は同意した。決闘はきちんと準備した上でするために延期しなければならない。

「じゃあ、あたしがどうするかあなた方はわかる？」と、パメーラが言った。「森に帰るわ」

そう言って、裳すそを支えていたすそ係を置き去りに、教会から走り去った。

橋の上で自分を待っていたヤギとカモを見つけると、動物たちはぐるぐる走り回りながら、彼女にまとわりついた。

決闘は「尼が原」で翌朝と定められた。ピエトロキオード親方は、コンパスの足のようなものを作り出した。まっぷたつの二人の腰のバンドに固定すれば、彼らがまっすぐ立って、移動したり、自分の体を傾けて前に進んだり後ろに退いたりできるような、地面に先端を固定して使うコンパスの足のような仕組みだった。らい病者のガラテーオは、健康だった頃は騎士だったので、立会人をすることになった。そして、「ならず者」の後見人はパメーラの父親と警吏の長官、「良いひと」の方は二人のユグノーと決まった。トレローニ先生は救護に備え、包帯一巻き分と香油一瓶を持って現れ、まるで戦場での一戦の救護にあたっている風だった。それは、ぼくにとっては好都合だった。その一切合切を運ぶ手伝いをしながら、対決に居合わせられたのだから。

緑色がかった暁だった。草原で、二人の黒く細長い決闘者たちが、構えの姿勢で剣を手にしたまま静止している。らい病者ガラテーオが角笛を吹く。それが合図だ。空は張りつめた膜のように震え、ヤマネは巣の中で爪を土に深くさしこみ、カササギは翼の間に入れた頭はそのまま、自分の脇腹から羽毛を抜いて痛い思いをし、青虫の口は自分の尻尾を食べ、蛇は自分の牙で自らに嚙みつき、スズメバチは自らの針を石に刺して折り、何もかもが自分自身と戦っていた。井戸に降りていた霜は凍りつき、乾いた苔は石になり、石の方は苔になり、枯葉は土となり、分厚く固まった樹液が木々をすっかり枯らした。同様に、人間もまた自分自身に襲いかかったのだ。両方の手に、それぞれの剣を握って。

このときもまた、ピエトロキオードは面目躍如の仕事ぶりだった。コンパスは草原に円を描き、二人の剣士はすばやく攻撃に身を投じるが、後退とフェイントにおいてはぎこちなかった。それでも、二人がふれあうことはなかった。突きが繰り出されるたび、剣の切っ先が敵のひらひら翻るマントを確かに突き刺すかに見えるのだが、二人とも、まるでわざと空っぽの方、つまり自分自身がいるはずの方を突こうとしているかのようだった。たしかに、もし二人が半身ずつの決闘者でなく、完全な二人の決闘者同士だったなら、どれだけ相手に傷を負わせたことだろう。「ならず者」の方は怒り狂った凶暴さで攻撃するのだが、突きが実際に敵がいるところまで届かなかった。「良いひと」の方は左利きによくある丁寧さだったが、ひたすら子爵のマントに穴をあけるばかりだった。

あるところで、二人は鍔迫り合いとなり、コンパスの先端は、地面にまるで馬鍬のように深く刺さった。「ならず者」は急に身を離し、ますますバランスを崩して地面に倒れながら、ほぼ、決闘相手の身体にむかって、恐ろしい一撃を打ち下ろすことができた。ただしその一撃は、「良いひと」の身体をまっぷたつに切断している傷口に平行に切りつけるものだったが、あまりにもその傷に接していたので、こちら側なのか、それともあちら側なのか、よくわからないほどだった。ただし、ほどなく、我々はマントの下の身体が、頭から足の付け根まで、真っ赤に染まっていくのが見え、それはもう疑いなかった。「良いひと」は崩れおちたが、倒れながらも、ゆったりと、まるで慈悲を与えるような最後の振りで、彼もまた相手の頭部から腹部までのすれすれに剣を振り下ろし、それは「ならず者」の身体がそこから先はない点と、そこにあるはずの点のちょうど間だった。「ならず者」の身体も今や、その巨大な古い傷口いっぱいから、血を噴き出させていた。それぞれ二人の相手を撃つ一撃が、すべての血管を再び傷つけ、二人をかつて引き裂いた傷口を、その両方の側で再び開いたのだった。今、二人はあおむけに横たわり、もともと一つだった血液が、草原の上で再びいっしょに混ぜ合わさった。

このぞっとする光景にすっかり注意を奪われ、ぼくはトレローニに目が行っていなかったのだが、気がついたときには医師は喜びのあまり、そのバッタのような足でぴょんぴょん飛び上がりながら拍手をして、叫んでいた。「助かった！　助かった！　私に任せてくれ！」

三十分後、ぼくらが担架にのせて城に戻したのは、一人のけが人だった。「ならず者」と「良いひと」はぴっちり一つに包帯で巻き合わされていた。医師はすべての臓器と動脈のこちら側とあちら側をぴったり合わせ、それを一キロほどの長さの包帯できつくしばったので、まるで、けが人というより、いにしえのミイラのようだった。

ぼくの叔父は、幾日も幾晩も、死と生の間を行き来しながら、寝ずの看病を受けた。ある朝、赤い線が額から顎まで通り、首から下にも伸びるその顔を眺めながらこう言ったのは、セバスティアーナばあやだった。「ほら、動いた」

顔の表情の動きが、たしかに、叔父の顔全体に広がっていき、頬の片方から反対の方へと伝わるのを見て、喜びに医師は泣いた。

ついにメダルドが薄目を、続いて唇を開いた。まず彼の顔に浮かんだ表情は驚愕だった。ひとつの目は眉を寄せ、もうひとつは懇願するようで、こちら側の額はしわが寄り、もう一方は安らかだった。口の一方の端はにこやかに微笑み、もう一方は歯ぎしりしていた。そして、ゆっくりすこしずつ、顔は左右対称に戻っていった。

トレローニ医師は言った。「さあ、これで治ったぞ」

そこでパメーラが叫んだ。「やっとこれで、あたしは良くも悪しきも両方備えた夫と結婚するんだわ！」

こうしてぼくの叔父メダルドは、完全なひとにもどった。邪（よこしま）でもなく、良いひとでもなく、意地の悪さと善良さのまざった、つまり、見たところ、半分にひき裂かれる前と変わらないひとにもどったのだ。ただし、半身のそれぞれ片われになって、もう一度結合された経験が加わって、ずいぶん賢くなったはずだった。幸福な人生を送り、多くの子どもに恵まれ、正しき治世を行った。ぼくらの暮らしも良くなった。おそらくぼくらは、子爵が完全なひとに戻れば、すばらしい幸福な時代がはじまるかと期待した。しかし、明らかなのは、一人の完全な子爵だけで、全世界が完全なものにはならないということだ。

そうこうする間に、ピエトロキオードは絞首台ではなく、水車を作るようになった。そして、トレローニは鬼火を追っかけるより、はしかや丹毒の治療に忙しくなった。しかし、ぼくときたら、こうして完全さをみんなが大喜びしている中、ますます孤独でさびしく感じていた。ひとはときに、自分に何かが足りないと感じるが、それはただ若さに過ぎない。

ぼくはもう青春の入り口に来ていたが、まだ森の大木の根元の間に隠れては、いろんなおとぎ話を作ったりしていた。一本の松葉は、ぼくにとっては騎士になったり、貴婦人になったり、道化になったりした。それを自分の目の前で動かしながら、果てしのない物語に夢中になった。それからふと、そんな空想に恥ずかしくなって、駆け出したものだった。

そして、トレローニ医師までがぼくから去っていく日が来た。ある朝、ぼくらの湾にイギリスの旗を掲げた満艦飾の船団が入ってきて、停泊した。テッラルバ中が、海岸にそれを見に出かけた。そうと知らなかったぼく以外はみんながそうした。上甲板の手すりやマストには船員たちが鈴なりで、パイナップルやウミガメを見せびらかし、ラテン語や英語で書かれた格言の巻いた紙を広げてもっていた。船尾楼では、三角帽子とかつらをかぶった航海士たちの間でキャプテン・クックが岸を双眼鏡で眺めていたが、トレローニ医師を見つけるやいなや命令し、旗信号でメッセージを伝えさせた。「医師よ、すぐ乗船せよ、例のトレセッテの続きあり」

先生はテッラルバの皆に別れを告げ、ぼくらの元を去った。船員たちは国歌を歌いはじめる。「ああ、オーストラリアよ!」そして、医師はカンカローネ・ワインの樽にまたがったまま、船に引き上げられた。それから、船団はいかりをあげた。

ぼくはその何も見なかった。森に隠れて物語を一人で作っていたところだったのだ。気づいたときは遅すぎたが、ぼくは海岸にむかって走り出し、叫んだ。「先生！　トレローニ先生！　ぼくをいっしょに連れて行ってください！　ぼくをここに置いてきぼりにしないで、先生！」

しかし、船団の影はすでに水平線の向こうに消えつつあり、ぼくはここに残った。責任と鬼火のあふれるこの我らの世界に。

（一九五一年）

一九六〇年の覚書き

『まっぷたつの子爵』『木のぼり男爵』『不在の騎士』を一冊に収めた『我々の祖先』（エイナウディ社、一九六〇）に書き下ろされた序文。一九八五年の新版（ガルザンティ社）収録に際して「一九六〇年の覚書き」と改題された。

この一冊は、一九五〇年代に私が書いた三つの物語を収録したものだが、共通しているのは、どれも架空の話で、遠い時代の空想上の国で展開することだ。その共通の特徴から、ほかにそれぞれ異なる別の特徴があっても、いわゆる「連作」、または（私にこれ以上書きつぐつもりはないのですでに完結した）「三部作」と考えられている。今回、改めて読み返し、今まで気になっていたが避けてきた次のような問いにこたえるいい機会になった。どうして私はこの三つの物語を書いたのか。何を伝えたかったのか。実際何を伝えたのか。こういうタイプの語りが、現代文学のパノラマの中でどんな意味をもつのか。

私はそれ以前、「ネオレアリズモ」と当時よばれていた潮流の短編小説を書いていた。つまり、私にではなく他の人たちに起こった物語、または、起こったかもしれないし起こってもおかしくないと私が想像した物語について語っていたのだが、その「他の人たち」とはいわゆる「民衆的」な人々だった。ただし、彼らはいつも、ちょっと常識から外れているか、とにかく風変わりな人たちで、彼らの発する言葉や、彼らの取る身振りだけで、思想や情感を長々と説明せずに描写できた。私は速いテンポで、短い文章をつないで書いた。私が描き出したかったのは、ある種の勢いや、ある種のトーンだった。そして、屋外や公共の場所、たとえば鉄道の駅などで、偶然そこに居合わせた人々が関わって展開するような物語を好んで書いた。心理、内面、精神性、家族、風俗、社会（特に上流社会）等は、私の興味の範疇（はんちゅう）ではなかった――もっとも今でもそれはあまり変わっていない。

私がパルチザンの兵士たちの短編から書きはじめたのは、全く偶然ではなかったわけだ。私にとってちょうどよかったのだ。冒険の物語で、どれも動きがあり、撃ち合いがあり、ちょっと残酷で、その時代の精神と同様にちょっと大仰で、サスペンスが物語に塩を効かせるものだったから。私は四六年には短い小説も書いた。その『くもの巣の小道』で、私はネオレアリズモ流の冷徹さを通したつもりだったが、批評家たちは私のことを「空想的」だと言い出した。それで、私もそれに乗ることにした。お城や白鳥について語って「空想的」でも優れた作家だということには全くならないが、プロレタリアートや世の中の事件について語っていてそうなのには価値があるだろう、と。

そこで私は、ほかにもネオレアリズモ流の小説を、そのころの民衆的な暮らしに関わるテーマでいくつか書いてみたがうまくいかなかったので、手書き原稿はそのまま引き出しの中に放っておいた。愉快な調子で書き始めれば、うそっぽく響いた。現実はもっとこみいっていたからだ。文体を洗練させようという試みはみんな、わざとらしくなった。思弁的で不安げな調子を用いれば、何もかもがグレーで物悲しくなって、私のもともとのスタイルが失われてしまった。つまり、唯一、ほかのひとではなく私が書くということを正当化していた理由すらなくなってしまうのだ。変わったのは、物事が醸し出す「音楽」の方だった。パルチザン闘争と戦後の無秩序な生活は時間の彼方に消えていき、特別な物語を語ってくれたあの変わり者たちとも、もう出会わなくなってしまった。いや、彼らはまだいたのかもしれないが、人々が彼らの姿や経験の中に自分たち自身を見い出さなくなってしまったのだ。現実は別のレールの上を走り出し、それは外から見れば通常の進み方で、制度的なものだった。民衆的な人々も、もうその制度を通してしか見えなくなった。私自身も、ある一般的なカテゴリーに入った。それは、大都市のインテリ層というもので、グレーの背広に白いシャツを着ているのだ。それでも、周りの状況のせいにするのはあんまり安易じゃないか、と私は思った。多分、自分は本物の作家ではなかったんだ。書きはしたものの、ほかの多くの作家たち同様、変革の時代の波に運ばれてそうしただけで、インスピレーションももはや枯れてしまった、と。

こうして、私は自分自身に、そして何もかもに辟易して、個人的な暇つぶしのつもりで、一九五一年、『まっぷたつの子爵』を書き始めた。何かほかとはちがう新しい文学観があったわけでも、倫理的なアレゴリーを書く意図もなく、狭い意味で政治的なアレゴリーを書くつもりは毛頭なかった。もちろん私は、はっきり意識しないまでも、その当時の雰囲気を感じていた。我々は冷戦の時代の真っただ中にあり、常に緊張感と隠然たる分断の気配が漂い、それが目に見える形を表さないまでも、我々の精神を支配していた。その時期にまったく空想的な話を書くということは、自分自身では気づかないまま、まさにその時代の苦悩だけでなく、そこからの解放の望みを表現することになった。言い換えれば、私はただネガティヴな現実を受け入れるのではなく、運動、空想、生々しさ、無駄のないスタイル、透徹した楽観主義という、もともとのレジスタンス文学の特徴を、あらためて作品に吹き込んだのだった。

はじめに私が抱いていたのはただこの衝動だけで、頭のなかにふとひとつの物語が浮かんだ。いや、それはむしろひとつのイメージだった。私が書いた物語の素にはいつも、頭の中をぐるぐるめぐるひとつのイメージがあった。どうやって生まれるのかはわからないが、ものによっては何年もずっと心の中に抱き続ける。だんだんと、少しずつ、私の中ではじめとおわりのある物語に育っていくのだが、同時に、――それはしばしば並行に独立して進むプロセスなのだが――、そのイメージに何か意味があると思えるようになる。ただし、書き始めるときには、まだそういうものはすべて私の頭の中に不完全で、ぼんやりほのめかされているだけだ。書き進めながらはじめて、何もかもが、それぞれぴったりの場所におさまるようになっていく。

さて、その少し前から、私は縦にまっぷたつに切り裂かれたが、その二つそれぞれが勝手にふるまう男について考えていた。近代の戦争の兵士の物語だろうか？　それでは、よくある陳腐で風刺的な表現になってしまうだけだ。それなら遠い昔の戦争の方がいいだろう。そうだ、トルコ人との戦いだ、半月刀でまっぷたつだ。いや、だめだ。そうじゃなくて、大砲の一撃の方がいいだろう。それなら、片っぽうは粉々になったと信じるってことがありえるし、あとから実は無事だったってことにできる。それじゃあ、トルコ軍が大砲を持っていたことにするか？　そうだ、それならオーストリア対トルコ、十七世紀末の話にしよう。プリンツ・オイゲン（パリ生まれのサヴォイア家の貴族。オーストリア軍に仕え、大トルコ戦争ほかで軍功をあげる）の話にしようか。いや、すべては曖昧なほうがいい、歴史小説を書く気はないんだから（まだ今のところは）。それなら、片方は生き残り、もう片方はしばらくしてから登場させよう。どういう違いがあることにするか？必ずおもしろいのは、片方は善良、もう片方は悪者という構図。R・L・スティーヴンソン流に、『ジキル博士とハイド氏』か、『バラントレーの若殿』みたいにすればいい。こんな具合にストーリーは、まさに幾何学的な形に沿ってできていった。だが、批評家たちはすぐにまちがった方向を向いて、私にとって大事なのは善悪の問題だったと言うかもしれない。それはちがう。それは、私にとって大事なことではなかったし、一分だって前もって善悪について考えたのではなかったから。画家がはっきりとした色のコントラストを使ってある形をはっきり浮かび上がらせるように、私は明らかな物語上のコントラストを用いて、私が書きたいことを浮き彫りにしたかっただけなのだ。つまりそれは、「二等分」ということだった。

二等分され、分断され、不完全で、自分自身に敵対するのが現代の人間だ。マルクスが言う「疎外された人間」、フロイトの言う「抑圧された人間」だ。古（いにしえ）の調和の状態は失われ、新たな統合が希求される。それが、イデオロギーやモラルとして、私が物語に意識的に与えたかった核心なのだ。ただし、思想的に深めようと工夫するより、私がより注意したのは、物語にうまく連結する仕掛けとして機能する「骨組み」と、詩的イメージが自由に結びついてできる「血肉」を与えてやることだった。

現代人の分断の型のいくつもの例を主人公に負わせることはできなかった。主人公はストーリーのメカニズムを動かす役割があったから。そこで私は、まわりの幾人かの登場人物たちにそれを配分することにした。そのひとりが、——唯一純粋に単純な舞台回しの役だったとも言える——木工職人ピエトロキオード親方だ。彼は、絞首台や拷問道具を可能な限り完全なものとして作ってしまうのだが、それが何に役立つのかは考えないようにする……そう、まさに、自然に今日の科学者や技術者が原子爆弾はじめ、社会的にどんな目的かを知らない装置を作るが、彼らの唯一の義務「自らの職務にきちんと従事する」だけでは良心を落ち着かせることができないのと同じなのである。生きている人間の統合性を欠く（またはそれに拘らない）「純粋な」科学者と言うテーマは、トレローニ医師という登場人物においても描かれることになったが、こちらの人物はもともとはまったく別の理由から生まれた。スティーヴンソン的世界を喚起する人物像として、その雰囲気を漂わせる引用のいくつかから思いついたのだが、そのうち彼独自の心理をもつようになった。

イメージとしてもう少し複雑なのは、らい病者たちとユグノー教徒たちという二つの「群像」だ。おそらくは、（リグーリアやプロヴァンスの内陸部にらい病者たちの村があったとか、クネオ県辺りにナントの勅令撤回後、あるいはそれより前の「サン・バルテルミの夜」（一五七二年、サン・バルテルミの祝日にパリで起きた、カトリック派によるユグノー虐殺事件）の後、フランスから逃れてきたユグノー教徒たちの宿営地があったとか、という）地域の歴史的な古い伝承から着想された詩的なイメージが基となって生まれてきた。このらい病者たちは私にとって、享楽主義、放埒、陽気なデカダンス、耽美主義と病の混合、というようなもの、つまり、ある意味では現代的かつ普遍的な、芸術と文学のデカダンス（アルカディア）を象徴する存在になった。ユグノーたちはそれとは対照的な片われ、つまりモラリズムなのだが、イメージとしてはより入り組んだ何かになっていた。それというのも、一種の家族的な秘教集団みたいなものだからだ（まだ今でもよくわからないが、もしかすると、私の姓「カルヴィーノ」（カルヴァンのイタリア語名）の由来かもしれない）。マックス・ウェーバーの言う資本主義のプロテスタント的起源の（風刺でもあり、称賛でもある）描写は、類似的に勤勉のモラリズムに根ざすどんなほかの社会についてもあてはまるだろう。そしてそれは、宗教を失った宗教的倫理を――風刺よりは共感をこめて描かれているが――髣髴とさせるだろう。

『まっぷたつの子爵』のほかのすべての登場人物たちはどれも、物語の筋書きの中でもっ機能という以外に意味をもっていないと私は思う。何人かの登場人物はうまくできあがった

――つまり、それぞれが生き生きと登場する乳母のセバスティアーナや、――登場するのは短いが――老子爵アイオルフォのことだ。女主人公（牧場の娘パメーラ）の人物像は、まっぷたつに引き裂かれた主人公の非人間性と対照になる、生身の女性らしさをちょっと図式的にあらわした表象だった。

では、彼、メダルド、この引き裂かれた男は何だったのだろう？　もうすでに述べたように、彼にはほかの人物たちと同様の自由はなかった。それは、物語の筋との関係であらかじめ決まってくる進行のせいだ。ただし、そのような制限があっても、彼は作家の頭の中でまだはっきりしていなかった何かに呼応して、ある本質的なあいまいさをしめすことになった。私の意図は、人間のあらゆる「分断」に対抗し、統合的な人間を希求することで、それは確かだった。しかし、実際には、冒頭の完全なメダルドはぼんやりと定まらず、性格も顔も持たない。再び完全な姿に戻ったはずの結末のメダルドについても、何もわからない。物語の中で生き生きしているのは、自分自身の半身であるメダルドだけだった。非人間性の相反するイメージの、片方は邪悪で不幸で残虐な、もう片方は善良で悔恨に満ちて、いやみな、半分ずつのメダルドの方が、かえって人間的で、対立関係を進行させるのだった。そして両方が、それぞれ反対の立場から、分断された半分であることこそ真の存在のあり様だと熱弁し、

「鈍重な完全さ」を批判する。この物語は、「分断」の時代に生まれて意図せず、分断の認識の表現になったからなのだろうか？　いや、むしろ、真の人間の統合とは、茫洋とした完全さ・自由さ・普遍性の射程にはなく、ひとがそれぞれ自分であることと、自然と歴史の所与とで、自らの意志による選択とを、徹底して深める以外にないということだったのかもしれない。そして、それは自らを構築し、一つの能力・様式として、内的な規則と能動的な諦めを自らに課し、最後まで追求することにつながるのではないか。物語が自発的で内的な力で、私を私のそれまでもそれ以降も追求し続けるテーマに呼び戻してくれたのだ。つまり、ひとは意志を以て、厳しいルールを自らに課し、それを最後の結果まで守るものだ。なぜなら、それなしでは、自分にとっても、他者にとっても、ひとは自分自身たり得ないのだから。

それがもう一つの物語、『木のぼり男爵』に再び見出されるテーマだ。これは数年後、一九五六年から一九五七年にかけて書かれた。ここでも執筆時期が、時代の精神をはっきり示している。それは我々が歴史的な運動においてどのような役割を果たせるかについて再考した時代で、新しい希望と新しい苦渋が交錯していた。どんなことがあるにせよ、時代は良い方向に向かっていたのだ。個々人の意識と歴史の流れの間で、バランスを取ればよかったのだから。

このときも、私にはだいぶ前からあるイメージが頭の中に浮かんでいた。木の上に登る男の子だ。登って、何が彼に起こるのだろう？　登って、別の世界の住人になる。いや、ちがう、登って、木から木へと、何日も何日も、渡っていく。いや、もう下へは降りない、地上に降りるのを拒否して、一生を木の上で過ごす。私は、人間関係や社会や政治等々からの逃亡の物語をそこで語ることになるのだろうか？　いや、それではあんまり当たり前すぎるし、空しいだろう。そこで私をひきつけた挑戦は、もし他の人と同様に地面の上を歩くのを拒否するこの人物を、人間嫌いではなく、ずっと隣人への善行に身を尽くし、自分の生きる時代の動きの中にいて、能動的生活のあらゆる側面――技術の進歩から、地域の政治、恋愛生活まで――に参加しようとする人間に描けるかどうかだった。ただし、いつも彼は知っている。真に他者たちと共にあるための唯一の道は、他者たちから離れていることであり、自分自身の不都合な「唯一性」を自分自身と他者たちに頑固に負わせつづけることだと。そして、自分の人生の一時たりとも孤独から逃れることはできないし、それは詩人や冒険家や革命家の使命なのだ。

たとえば、スペイン人のエピソードは、最初から私がはっきり思い描いていた数少ないもののひとつだった。与えられた理由から木に登る者は、その理由がなくなれば、降りる。しかし、内なる使命から「登る」者は、外的な理由がなくなっても、木の上に留まる。

完全な人間という、『まっぷたつの子爵』で私がはっきりと提示しなかった人物像が、『木のぼり男爵』で、自分の完全さを実現するために、自分を制限する自発的で困難な規律に自らを従わせる主人公に結実した。この人物との間で、私には普段起こらない何かが起こりつつあった。私はまじめにこの人物と向き合い、信じ、自分自身を彼に重ねあわせた。それに加えて、森に覆われた不思議な国を設定する遠い時代を探しているうち、私は十八世紀と、その世紀末の変革の時代の魅力にとらわれた。そこで、主人公コジモ・ディ・ロンドー男爵が生まれた。彼は滑稽な出来事の枠組から生まれてきたものの、私の中でだんだんと文化的な背景が精確に絞られ、モラルを示す肖像になっていた。歴史家の友人たちによる、啓蒙思想家やイタリアのジャコバン主義者たちについての研究が、私のインスピレーションをかき立てる貴重な源泉だった。そこで、女主人公（ヴィオーラ）も倫理と文化の地平に登場してきた。彼女が抗するのは、啓蒙的な決定主義や、いつでも破壊の衝動になりうるすべてを求めるバロックでロマンティックな情動や、虚無へと向かう暴走なのだ。

『木のぼり男爵』はそういうわけで、『まっぷたつの子爵』とはずいぶんちがう仕方で書き始めた。遠い昔のあいまいな舞台設定、現実感のない寓意的な登場人物たち、子どもむけのあらすじ、などというものの代わりに、私が書くことに夢中になったのは、歴史的な「スケッチ」や、十八世紀的なイメージのカタログを、有名な出来事や人物の事実や関わりで補強しながら描くことだった。それらは風景であり、自然であり、イメージだったが、精確さとノスタルジーを込めて描かれなければいけなかった。事件は実際にあったか、本当に起こりえたかのように語られなければいけなかったし、それは、そもそものアイディアとなった非現実的な話についてもだった。つまり、私はここで最も伝統的な意味で、「小説」を書くことの面白さを味わったのだ。

主人公以外の登場人物たちは、この「小説」風の雰囲気が自然と増殖して生まれてきたのだが、説明することはあまりない。だれもみな孤独であることが共通していて、それぞれがまちがったあり方で孤独であり、その唯一の正しいあり方が主人公のそれなのだ。たとえば弁護士で騎士のカッレーガは、トレローニ医師の面影をいくつも宿している。十八世紀とはエキセントリックな者たちの大いなる世紀で、風変わりな人々を並べるのにはまさにうってつけの舞台に思えた。それなら、コジモは自分の風変わりさに普遍的な意味を与えようとする風変わりな人間だと理解すればいいのだろうか？　そのように考えてしまうと、『木のぼり男爵』は私が自分自身にたてた問いに十分に答えることにはならなかった。明らかなのは、今日我々は風変わりではない者たちの世界に住んでいて、人々はもっとも単純な個性ですら否定され、個性はあらかじめ決められた行動の抽象的な総計にすぎない。今日問題なのは、自己のある部分が失われたということではもはやなく、すべてが失われてしまったこと、まったく自分自身であることができない、ということなのだ。

原始の「人間」は、宇宙と一体であり、有機的な質料と区別がなかったという意味で「存在」していなかったとも言えたわけだが、そこから私たちは時間をかけて「人工の人間」となった。そして、その「人間」は「製品」や「状況」と一体であり、何かと摩擦を生じることも、自らの周囲にある（自然や歴史という）ものと、（闘争であれ闘争を通しての調和であれ）どのような関係を持つこともないゆえに不在であり、ただ抽象的に「機能」するばかりだ。

このような省察の核が、私にとって徐々にあるイメージに一体化して、長い間心をしめていた。それは、歩くけれども、中身が空（から）っぽの甲冑だった。私がそれについて（一九五九年に）書こうとした物語が、『不在の騎士』だった。これが三部作の最後の場所を占めることになるのだが、同時にそれは始まりでもある。というのは、年代記的に先行するシャルルマーニュ大帝の騎士たちにまつわり、エピローグというより、ほかのふたつの話を導入するものだからだ。ただし五一年から五七年に比べて、歴史的な見通しがさらに不透明な時期に書かれ、思想的な問いかけをより突き詰めることになり、同時にそれはより深い叙情性に沈潜することにもなった。

　存在しない騎士、アジルールフォは、我々の社会のどんな場所にでも広く見られる人間類型の心理的な輪郭をもっている。この登場人物ができ上がって、私の創作はすぐに容易(たやす)いものとなった。アジルールフォという（存在しないが意思と意識をもつ）「定型(フォーミュラ)」から出発して、論理的な展開によって（つまり、いつもの私とは逆に、アイディアの方から出発してイメージに至ることで）私が引き出したものは、意識を欠く存在という「定型(フォーミュラ)」だった。それは物質的な世界との一体化で、私はグルドゥルーという従者を思いついた。この人物はアジルールフォのような心理的な自律性をもつことはできない。そして、それは理解可能なことだ。なぜなら、アジルールフォのプロトタイプはどこにでも見つかるが、グルドゥルーのプロトタイプは人類学者の本の中にしか出てこないからだ。

　このふたりの登場人物、つまりひとりは身体的な固有性に欠き、もうひとりは意識の固有性に欠く人物たちは、物語を展開することはできなかった。彼らはただ、テーマの提示でしかなく、テーマは別の人物たちによって展開されなければならなかったし、同じ人物の中で存在と不在がせめぎあっていた。まだ自分がいるのか、いないのかがわからない人とは若者のことだ。ということは、この物語の本当の主人公は、ひとりの若者でなければならなかった。ランバルドはスタンダール的な騎士で、すべての若者がそうするように、自分の存在証明を探している。存在の確証は、行動の中にある。ランバルドは実用主義や経験や歴史のモラルになるだろう。私にはもうひとり若者が必要だった。それがトリスモンドで、私は彼を絶対主義のモラルにした。それに従えば、存在の証明は自分自身以外から、自分自身より先に存在したもの、そこから分離したところの全てから、派生しなければいけないのだ。

若者にとって、女性は確かに「存在する」。そこで、私はふたりの女性の登場人物を作り出した。ひとりがブラダマンテで、彼女は対立、あるいは戦いとしての愛を表現し、ランバルドの意中の貴婦人だ。もうひとりは、――ほんの少しほのめかされるだけの――ソフローニアで、彼女は平和、または出生前の夢のノスタルジーであり、トリスモンドの意中のひとだ。戦いとしての愛であるブラダマンテは、自分とは異なる者を探し求める。つまり彼女が求めるのは非‐存在であり、そのためにアジルールフォに恋する。

私に残っていたのは、全体性の消滅や、ワグナー、サムライたちの仏教のような神秘体験としての存在を象徴する登場人物だった。そこで生まれたのが、聖杯の騎士たちだ。そして、――それと対照的なのが――歴史的経験の存在であり、かつ（カルロ・レーヴィが何度もよく表現した概念で）それまでずっと歴史の外側に疎外されてきた「人々」の意識の目覚めとして、私が聖杯の騎士たちに対置したのが、「クルヴァルディの民」だ。彼らは貧しく、虐(しいた)げられていて、自分たちがこの世にあることすら知らず、戦うことを通してのみ自分たちの存在を理解する。

これで私が望んだすべての要素はそろった。あとは、登場人物たちがそれぞれの内面にある存在のおののきから、動くままにさせればよかった。ただし、今回は『木のぼり男爵』のときのように直接私自身が出来事の渦中に降りていくようなことはなかった。つまり自分の語っていることを信条にしてしまうことはなかったのだ。ここでは、物語は言ってみれば「楽しみ」でなければいけなかったから。この「楽しみ」という「定型(フォーミュラ)」について、私はいつも、楽しまなければいけないのは読者だと理解していた。しかし、それは作者にとっても同じくらいそうであることは意味しない。作者はある距離をもって、抑制されたインスピレーションとほとばしるインスピレーションとの間を、あるいは自制と自然さとの間を行き来しながら語らなければいけないが、それが実際には一番骨が折れ、神経の緊張を強いる書き方なのだ。私はそこで、自分のこの書くための苦労を抽出して、ひとりの登場人物にしてしまおうと考えた。そこで、まるで語っているのが彼女であるかのような、書き手の修道女を作りだしたのだが、それが新鮮で自然な勢いを与えてくれ、残りを先に進めてくれた。

　読者諸氏はこの三つの話のすべてにおいて気づかれるだろうが、私には「私」と名乗る語り手が必要だった。近代小説には不可欠に思える、読者に近づくこの文学的な要素を使ったのは、おそらく、寓話的な語りに特有な客観的な冷たさを緩和するためだった。私は毎回、周辺的な登場人物、あるいはストーリー上の機能のない人物を選んだ。『まっぷたつの子爵』では少年の「ぼく」で、一種の「カルリーノ・ディ・フラッタ（イッポリート・ニエーヴォの一人称小説『あるイタリア人の告白』の主人公）」だ。こういう場合に、すべてを少年の目を通して見るというのほど、すでに制度化されているいい仕組みはないからだ。『木のぼり男爵』では、私は主人公に自分自身を同一化してしまう衝動が強すぎたのだが、そこに私が働かせたのはよく知られる「ゼレヌス・ツァイトブローム（トーマス・マンの『ファウスト博士』の語り手である主人公の友人）」装置だ。つまり、書き始めから「私」として、コジモとは対照的な性格の、落ち着いた分別ある弟という登場人物に語らせたのだ。今回、『不在の騎士』では、私は完全に話の外側にいる「私」という語り手を使うことにして、コントラストの効果を高めもする修道女を作り出した。

語り手でありコメントを挿し入れもする「私」の存在は、私の注意力の一部を、出来事から書くという行為自体に、そして人生の複雑さと、アルファベットの形をとりながらその複雑さが書き連ねられていく紙との関係の方に移すことになった。ある時点で、私の関心はその関係のみに絞られてしまい、私の物語はただ、白い紙の上を走る修道女のガチョウの羽ペンの物語となったのだ。

その間に私は気がついた。先に進むにしたがって、物語のすべての登場人物たちがおたがい同士似ていて、同じおのおのきにうながされ、修道女も、ガチョウの羽ペンも、私の万年筆も、私自身も、みな、同じ人物であり、同じモノであり、同じ不安、同じ飽くことなき探求なのだった。「考える」ことのすべてが、何か「する」ことに移しかわる――つまり物語になる――ということが、語り手に起こるように――それは、何かを「する」ひとには、きっと起こることだと私は思う――、この考えを私は物語の最後にどんでん返しに使った。こうして、私は語り手の修道女と、女戦士ブラダマンテを同一人物にしたのだ。この急転換は突然私の頭に浮かんだのだが、それが意味するのは今私がみなさんに言った以上のものではないように私には思える。ただし、みなさんがそこで意味されていることを、たとえば、内在的な知性と、外向的な生きる力とはひとつにならなければならない、と信じたいなら、それを信じるのはみなさんの自由だ。

同様に、この三篇の物語をどう解釈するかはみなさんの自由で、ここまでその創作について私が証言したことにしばられる必要はない。私が描きたかったのは、どのように人間存在が自己実現するかという経験をめぐる三部作だった。『不在の騎士』では存在の獲得について、『まっぷたつの子爵』では、社会から強制された分断を乗り越えて得られる完全性への希求について、『木のぼり男爵』では、個人主義的な自己決定に忠実に従うことで得られる個人主義的ではない完全さを目指す道について描いた。それは自由の探求の三段階なのだ。

同時に私が望んだのは、この三つの作品が言ってみれば「開いている」ことだった。そしてまず何より、物語として、イメージが次々つながってちゃんと仕上がっていることだった。ただし、読者が予想のつかないような問いかけや応答を投げ返してくれるとき、この三つの物語の真の命がはじまればよいのだ。私は、現代人の祖先の系図として読んでもらえることを望んでいる。そこでは、どの顔も、私たちの周りにいる誰かの、あなたの、そして私自身の面影を宿している。

一九六〇年六月

イタロ・カルヴィーノ

訳者あとがき

イタロ・カルヴィーノは二〇世紀のイタリアを代表する作家であり、日本でも主要な作品が翻訳され、すでに広く紹介されている。

一九二三年、ともに植物学者であったイタリア人の両親からキューバのサン・ティアーゴ・デ・ラス・ベガス・デ・ラ・ハバナで生まれたが、一九二五年には両親とともにイタリアに移り、フランス国境に近い、北イタリア・リグーリアの海辺の町、サンレモで幼少年期を過ごす。第二次世界大戦末期、一九四三年九月休戦協定後の北イタリアは、旧ファシスト勢力とドイツ軍側の樹立したサロ共和国対レジスタンス勢力の内戦状態に入るが、イタロは四四年、弟とともに共産党系の「ガリバルディ旅団」に参加、四五年四月末のイタリア解放まで活動する。

そのパルティザンとしての経験をもとにした『くもの巣の小道』を、一九四七年トリノのエイナウディ社から出版する。カルヴィーノはこの作品や短編集『最後に鴉がやってくる』（一九四九年）で「ネオレアリズモ文学」の一翼を担う作家となるが、その後、時代の変化と文化の潮流を鋭敏に捉えながら、自身の作風や文体を晩年まで変化させ続けたことで知られる。若きカルヴィーノが知的な形成を遂げた都市は、故郷サンレモと編集の仕事に長く関わり続けた出版社エイナウディのあるトリノだったが、後年パリやニューヨークにも滞在し、国際的な文学・思想の最前線に常に身を置きながら、新たなテクストと多くの文学的な仕掛けを次々と生み出した。一九八三年に中部イタリアのペサロ市の劇場で聴衆からの質問に答える形で行われたインタビュー（Italo Calvino, *Sono nato in America...Interviste 1951-1985*, Milano, Mondadori, 2012 所収）でカルヴィーノは、自分自身と読者との関係を振り返っている。読者が、すでに有名作家となった「カルヴィーノの本だから」ではなく、面白いから自分の本を読んでくれると良いと思うが、そもそも自分は、一つの型ができると、その同じ型を再現することには興味がない、自分は「常に新しいものを作り出したい」作家で、読者は前作と同じカルヴィーノを次の作品に見つけることはできない分、フラストレーションもあるだろう、と。

実際、『見えない都市』（一九七二年）『冬の夜ひとりの旅人が』（一九七九年）をはじめとする様々なテーマと新たな仕掛けの作品を発表し続け、「ポストモダン」の旗手として国際的にも高い評価を受けるが、ハーヴァード大学で予定されていた招聘講義の草稿を準備していた夏の終わりに脳梗塞に倒れ、トスカーナの町、シエナの病院で一九八五年九月半ばに亡くなる。その未完の講義録は「アメリカ講義」（米川良夫訳『カルヴィーノの文学講義――新たな千年紀のための六つのメモ』）として死後に出版された。

ここに訳出した作品は、一九五二年にエイナウディ社から刊行された *Il visconte dimezzato* である。続いて発表された *Il barone rampante*（一九五七年、邦題『木のぼり男爵』）、*Il cavaliere inesistente*（一九五九年、同『不在の騎士』）と合わせて一九六〇年には *I nostri antenati*（同『我々の祖先』）と冠せられ、三部作として刊行された。その時に作者により付せられたのが、今回併せて訳出した「覚書き」である。

その中でカルヴィーノ本人が説明するように、『まっぷたつの子爵』はカルヴィーノが時代の変革期に作風を変化させた転機をしるす作品である。イタリアの戦後文化の核を作るレジスタンスという特殊で決定的な体験から生まれた作品群から、冷戦へと向かう世界の変化を生きる作者の新たな文体と小説の幕開けとなった。ただし、それは意識的に写実主義から空想的な作風に転換しようとしたのでも、文学理論や政治やモラルの理想に基づいて作り出された象徴なのでもなく、時代の流れの中で、いくつかの作品を書きながら模索するうち、元々の持ち味から生まれてきたものだったと言う。そもそも『くもの巣の小道』自体、「ネオレアリズモ」を代表する作品でありながら、最初に目を通した作家のチェーザレ・パヴェーゼや多くの批評家たちに「空想的」「視覚的」「寓話的」であると評価されていたと、後年（すでに引用した一九八三年のインタビューでも）改めて語っている。ブルジョワジーに属する少年として育ったカルヴィーノは、レジスタンスの特殊な歴史的状況において初めて様々な階層の多様な人々と生死を共有する。そして、その人物群像を「冒険」のストーリーとして語ったが、実はそれが自分の物語の語り手としての資質にも合っていたというのだ。しかし、イタリア社会が戦後から冷戦時代へと向かう新たな歴史的局面に入り、時代の「音楽」も風景も変容した。特別で風変わりな人々の行為を追うことでドラマチックな状況を語ることができたストーリー・テリングの手法で、レジスタンスの現実から取材した冒険や多様な人物群像を書くことはもうできなくなってしまったのだ。そこで、彼は新たに、イメージやストーリーの「面白さ」に導かれて物語を作っていく手法で、「寓話的」「空想的な」作品を書くことに向かったように見える。ただし、カルヴィーノ自身、それは自分の元々の資質に根ざすもので、「ネオレアリズモ」からの変節ではなかった、と言う。

「（三部作で）空想的な物語を書き、私の初期の作品に対するいわばあからさまな不誠実を犯したようですが、しばしば不誠実とされるものがそうであるように、それは別の次元に移された誠実さの表現だったのです」

作者本人によれば、その「写実」から「空想」へと転換した時期に、実は物語作家としての手法や指向は一貫していたということになる。そして、その時期の創作としばしば関連づけられるのが、エイナウディ社が出版した世界の民話集にまつわる仕事である。特に、様々な地方の方言に残っているままだったイタリアの昔話を集めて再話するのは大変で、部分的にはイタリア語に直されているものもあれば、そうでないものもある、文献学者や方言学者が収集した多くの民話を統合して、イタリア語に書き直して統一的にまとめる仕事にあったと述べている。成果がまとめられたのが『イタリア民話集』で、『まっぷたつの子爵』を発表した四年後の一九五六年の刊行である。ただし、カルヴィーノが民話について書いたエッセーや解説などを後年まとめた『民話について』（一九八八年）の序文で監修者ラヴァジェットが指摘するように、カルヴィーノ自身が、最初のネオレアリズモ的な作品も、口承の物語をまとめたようなものだと書き記している。レジスタンスの戦闘の日々、パルティザンの兵士たちがその日経験したばかりの「歴史 - 物語 storie」は、すぐに夜、火を囲んで語られる「物語」に変換された、と言うのだ。そして、歴史的な現実が主人公の少年の目を通して語られる『くもの巣の小道』が生まれ、さらに二つに引き裂かれた騎士の視覚的なイメージから『まっぷたつの子爵』の寓話的な物語が出来上がっていく。

さて、この作品の物語の中で活躍する登場人物たちは、数世紀前の空想的な空間に置かれている。主人公の子爵メダルドと、語り手の少年である甥の「ぼく」が住む土地テッラルバには、彼ら領主一族の城があり、ブドウ畑があり、パメーラの暮らす人里離れた森もある。主人公以外の登場人物たちの中で、読者それぞれにとって最も印象的な人物が異なるかも知れない。トレローニ医師、セバスティアーナばあや、ピエトロキオード親方など、それぞれがシンボリックな存在だ。その中で群像として描かれるのが、ユグノー教徒たちと「らい病者」たちの対照的な二つのコミュニティーだ。

フランスでの迫害から逃れてきたユグノー教徒たちは、エゼキエーレを長老として、信心深く禁欲的な暮らしを守って過酷な日々を送っているが、笑いばかりか、聖書も教義についての記憶も失いながらも、自分たちの共同体と「信仰」をひたすら禁欲的に真面目に守っている。一方、イタリア語で lebbrosi と言われる、ハンセン病の患者たちが他の人々から切り離されて暮らしているのが、「きのこが原」にある村だ。そこでは実は、患者たちは楽器を鳴らして笑いながら、毎日が祭りであるかのように過ごし、女たちも放埒に明け暮れる。古代から人々に恐れられていたこの病の感染を引き起こす菌をハンセンが発見したのは十九世紀末で、その医師の名前で病を指すのが現在は一般的だが、アナクロニズムを避けるために、今回の訳語としてはあえて「らい病」の言葉を使った。らい病のガラテーオも哀れな病人として描かれることはなく、真面目一徹で厳格なユグノーの長エゼキエーレと対になっているのだろう。共通するのは、彼らが迫害・追放の末に、他の共同体から排除され、隔離され、分断された暮らしを強いられていることだ。

一九六〇年の「覚書き」でのカルヴィーノ自身の解題は、イメージや、物語の面白さ、意外さを表現するために、登場人物とあらすじを作り上げていったことを明らかにする。一九八三年のインタビューでも、彼がいかに、面白い話を書きたかったか、二つに引き裂かれた人間というイメージを現代人の肖像として描こうとしたことについて、再び語っている。ただし、その二つに切り裂かれ、別々に行動する存在に「意味」があるとしても、何より、読者にストーリーが面白く語られることが肝心で、ブレヒトを引きながら、それこそが自分に課した「モラル」だと言う。そして、登場人物たちの造形も、物語の結末も、誰もが安心するものにはしない、自分は揺さぶりたいのだ、と。

この作品はすでに河島英昭氏による翻訳(『まっぷたつの子爵』晶文社/岩波文庫)で日本語の読者にも親しまれてきた。原題 *Il visconte dimezzato* の dimezzato という言葉は、dimezzare「半分にする」という動詞の過去分子で、「半分にされた、二分割にされた」という受け身で使われている。引き裂かれ分断された存在というのが作品の中心的なイメージであり、その意味とそこに「分断」の時代という作品が書かれた当時の歴史的状況が映し出されていることについては、作者自身によって「覚書き」で説明されている通りだ。その原義に、より忠実なうまい訳語はないものか、翻訳の作業中探し続けたのだが、旧訳の「まっぷたつ」という音の響きの良さやイメージの鮮明さから、私自身もなじんできた河島氏の日本語タイトルを結局踏襲させていただくことにした。

カルヴィーノは一九七九年のニコ・オレンゴ（作家、詩人）とのイタリア国営放送ＲＡＩのラジオ番組でのインタビューで次のように語って、自分の生まれ故郷はアメリカであり、イタリアでもあると言っている。

「あなたはどこで生まれましたか？

――私はサンレモで生まれました。アメリカで生まれたのですが、それと同じぐらい、サンレモで生まれたということです。かつて、たくさんのサンレモの人たちがアメリカ、特に南米に移民で渡ったものでしたから。……私の父は、アメリカに渡り、再び戻ってきたサンレモ出身者の一人で、私が生まれて、父はサンレモに戻りました」

カルヴィーノの自分の出生地についてのこのインタビューの答えをめぐって、後書きの末尾に、訳者の個人的な感慨を少々記すことを読者の皆さんにお許しいただきたい。

訳者のイタリア人の義父は一九二八年生まれだが、カルヴィーノと同じように、カリブ海の島に渡ったイタリア人の両親から生まれ、幼少期にイタリアに移り、少年時代にレジスタンスに参加した。彼の父は、イタロの父であるマリオ・カルヴィーノが中米で農学校の開設に関わって集めたヨーロッパの若手植物学者の一人で、ドミニカ共和国サントドミンゴに渡り、植物学の研究と農学校の校長を数年間務めた。

その時にキューバに渡ったのが、エヴァ・マメーリで、彼女はマリオ・カルヴィーノが呼び寄せた植物学者の中にいた唯一の女性研究者だった。「派遣される植物学者には女性が一人含まれるように。その女性植物学者と私は結婚するから」とカルヴィーノ父の募集についての手紙の末尾に書いてあった、と、自分が読んだように、可笑しそうに、義父の母は訳者に語ってくれた。その文書の真偽のほどは定かでないが、とにかく確かなのはイタロ・カルヴィーノが二人の植物学者の両親からキューバで生まれたこと、そして彼の母エヴァは、当時、大学で自然科学の学位をとった希少な女性の一人だったことだ。

再び義父の母によれば、中米に渡航した若き植物学者たちはそれぞれの任地に赴任後も親交があったらしく、みな音楽愛好家で、時々集まってはヨーロッパから持っていったそれぞれのヴァイオリンやチェロ、スタインウェイのピアノなどを弾いて、一緒に室内楽を楽しんだという。一九二〇年代当時、マリオ・カルヴィーノらが関わって経営されたそれらの農学校・農業試験場は、南米での大規模農場経営を北米流に推し進めていくための人材を育てるべく中南米各所に作られたものだったという。訳者の義父の両親は、任地のサントドミンゴで二つのクーデターに居合わせ、現地での大規模コーヒー栽培農園への投資に幻滅し、カルヴィーノ一家に数年遅れ、三〇年代はじめにイタリアに戻った。

戦後、自然科学者となった訳者の義父は、植物学から文学部に移って作家となったイタロ・カルヴィーノとその後の人生のあゆみが重なることはなかったし、六十一歳で亡くなった作家とは違い、九十歳をすぎる今日まで幸いに齢を重ねている。科学者の明晰だった論理は今ではしばしば混濁し、妻の死を受け入れることが困難な義父が呟く。サントドミンゴに帰りたい。そこで自分が誰かは誰にもわからないだろうが、そこなら人知れず、消えていけるんじゃないか、と。そして、（イタリア語話者だった義父の母も晩年そうだったのだが）義父は、懐かしそうにスペイン語を話している。

カルヴィーノの両親と関わって、中米に渡った植物学者の父から生まれ、イタロと同様、少年時代にイタリアに移り、レジスタンスの経験を経て、戦後のイタリアを生きてきた義父に、晩年に再び、もう一つの故郷が立ち現れるのを目の当たりにして思う。カルヴィーノがもう少し長生きしていたら、二つの故郷への思いをもっと書きのこしただろうか、と。そして、人は生まれ故郷から遠く離れても、土地や言語へのつながりの思いを抱き続けるものなのだろうか、と。

カルヴィーノはイタリア的文化や古典から出発し、その継承者としての自分を意識しつつ、常に、地理的なイタリアを超える空想の広がりを表現する言葉を紡ぎだした。そして、イタリア（語）という故郷とその外の世界とをどうやら持ち続けたらしい作家のテクストは、今も「世界文学」として様々な言語で読まれ続けている。テクストを言語から言語に旅させる「翻訳」について、カルヴィーノは次のような言葉を残している。

「小説の中には、ワインのようなもので、旅するのに向いているものと、向いていないものがある。

生産されたその場所でワインを飲むのと、何千キロも離れたところで飲むのは別物だ。小説にとって、旅に向いているかいないかは、中身、あるいは形、つまりどんな言葉（の使われ方）なのか、によるのだ。」（Italo Calvino, *Mondo scritto e mondo non scritto*, Milano, Mondadori, 2002 所収）

カルヴィーノがイタリア語で書き続けながら目指したのは、旅する言葉だった。

この新訳がようやく旅立とうとしている今、私たちは予想もできなかったパンデミックによる隔離と社会的分断の世界に生きている。この新たな分断の時代に、引き裂かれ、まっぷたつに切り離され、再び溶け合って縫い合わされるメダルドの物語を、改めて日本語に移し替える新訳の作業に携われたことは、訳者にとって望外の幸いだった。

この機会を与えてくださった白水社と、訳者の遅々とした仕事に限りない忍耐と文学への知識と情熱をもって伴走してくださった編集者の藤原義也氏に、この場を借りて、心よりの感謝を申し上げる。

カンカローニ・ワインを入れた水筒をぶら下げ、トレローニ先生は船出するが、故郷から離れ、引き裂かれたメダルドは、私たちの中にいる。

村松真理子

二〇二〇年九月一七日

著者紹介

イタロ・カルヴィーノ　Italo Calvino

1923年、キューバに生まれる。父親はイタリア人の農学者、母親は植物学者。2歳の頃、一家でイタリアのサン・レーモに移住。トリノ大学農学部に進学し、第2次世界大戦中はパルチザンに参加、戦後、その体験をもとに書き上げた長篇第一作『くもの巣の小道』（47）で、ネオレアリズモ小説の旗手として注目される。50年代には『まっぷたつの子爵』（52）、『木のぼり男爵』（57）、『不在の騎士』（59）の《我々の祖先》三部作で奇想に満ちた寓話的世界を創造。『イタリア民話集』（56）の編纂も手掛ける。『レ・コスミコミケ』（65）、『見えない都市』（72）、『宿命の交わる城』（73）、『冬の夜ひとりの旅人が』（79）など、変幻自在な語りと実験的手法を駆使した作品で世界的な評価を受け、「文学の魔術師」と評される。1985年死去。

訳者略歴

村松真理子（むらまつ・まりこ）

1963年東京都生まれ。イタリア文学者。東京大学大学院人文科学研究科博士課程修了。ボローニャ大学大学院博士課程修了。現在、東京大学大学院総合文化研究科教授。著書に *Il buon suddito del Mikado: D'Annunzio japonisant*（Archito）『謎と暗号で読み解くダンテ『神曲』』（KADOKAWA）、『世界文学の古典を読む』（共著、放送大学教育振興会）、訳書にパオラ・カプリオーロ『エウラリア　鏡の迷宮』、アンナ・マリア・オルテーゼ『悲しみの鶸』、アントニオ・タブッキ『イタリア広場』（以上、白水社）などがある。

編集＝藤原編集室

白水uブックス　212

まっぷたつの子爵［新訳］

著　者　イタロ・カルヴィーノ
訳者© 村松真理子
発行者　及川直志
発行所　株式会社 白水社
東京都千代田区神田小川町 3-24
振替　00190-5-33228　〒 101-0052
電話（03）3291-7811（営業部）
（03）3291-7821（編集部）
www.hakusuisha.co.jp

2020年10月20日　印刷
2020年11月10日　発行
本文印刷　株式会社精興社
表紙印刷　クリエイティブ弥那
製　　本　加瀬製本
Printed in Japan

ISBN978-4-560-07212-7

乱丁・落丁本は送料小社負担にてお取り替えいたします。